我的幸福婚約

一

顎木あくみ

目錄

序章

「日安，老爺。初次見面，小女子名為齋森美世。」

美世跪坐在榻榻米上，竭盡所能以最美的動作叩首致意。

竄進鼻腔裡的，除了熟悉的清爽藺草香以外，還混雜著別人家的氣味。

美世很清楚自己是個不受歡迎的訪客。不過，她希望至少不要被對方當成不知禮數之人。

「……」

美世的婚約對象、亦即未來將成為她夫君的這名男子，視線一直不曾離開書桌上的書本。彷彿完全沒有發現她的存在似的。

直到對方出聲前，美世都低垂著頭，一動也不動。

剛好，她早就習慣像這樣被人冷落在一旁了。更何況，在這個第一次造訪的場所、當著第一次見面的人的面前，比起隨意採取行動，她判斷這麼做更恰當一些。

「妳打算維持這個姿勢到什麼時候？」

片刻後，一個帶著威嚴的低沉嗓音從上方傳來。

至此，美世第一次抬起頭，但在和對方四目相接後，她再次深深垂下頭。

「非常抱歉。」

「……我沒有要妳道歉。」

嘆了一口氣之後，俊美的未婚夫要求她抬起頭。

好好望向自己的未婚夫後，美世發現這名男子──久堂清霞，有著遠超過她想像的美貌。

宛如陶瓷般潔白無瑕的肌膚、近乎透明的淺褐色長髮、以及一雙淡藍色的眸子。看起來缺乏色素的外貌、再加上他細瘦的身型，讓清霞呈現出一種如夢似幻、難以想像他是男性的美麗。

會直接抽刀砍殺自己不中意的人──這樣的他，看起來完全不像是軍中謠傳的那種冷酷無情的人物。

不過──美世又這麼轉念。

不能光憑外表判斷一個人。她很清楚，有些人儘管擁有光鮮亮麗的外在，但內心卻是惡毒無比。

清霞恐怕也是這樣的人物吧。畢竟，美世聽說到現在，已經有好幾名女性不到三天，就打消和他結婚的念頭而求去。

她已經沒有退路了。沒有可以回去的家、可以依靠的歸處或人物。所以，無論遭遇多麼令人痛苦煎熬的事情，她都得在這個地方繼續生存下去——

第一章　相遇與眼淚

在帝都坐擁一棟巨大日式家屋的齋森家，跟其他貴族世家相同，都是從一家人聚集在起居室的悠閒早餐時光，展開一天的生活。

只是，一個足以劃破早晨清新空氣的尖銳嗓音，破壞了這片寧靜。

「這是什麼呀！」

滾燙的液體嘩啦一聲灑向美世的臉和胸口。

她沒有發出任何痛苦呻吟，只是跪在地上，將額頭貼著地面。

以單手捧著日式茶杯，將眉毛挑得高高的、有著豔麗美貌的妹妹，以及在一旁跪地磕頭，身穿簡素的傭人工作服、看起來一副窮酸樣的姊姊。目睹這樣的光景，周遭的傭人想著「又來了啊」而紛紛別過臉去。

「這杯茶苦澀得令人難以下嚥呢！」

「非常抱歉。」

「趕快給我重新泡一杯！」

今天的茶水，滋味應該一如往常才對。

面對繼妹的任性找碴，美世只是像個傭人般垂下頭表示「我這就去」，接著便速速趕往廚房。

「真是的。連一杯茶也泡不好，她都不會感到羞恥嗎？」

「就是說呀～真是太難看了。」

美世裝作沒聽到從後方傳來的繼母和繼妹的嘲諷。

儘管自己的親生女兒這樣被人挖苦，美世的父親卻毫不在意地繼續用餐。

這樣的情況已經持續好幾年，所以，美世也早已不再對這樣的父親懷抱任何期望。

這個國家自古便有異形出沒。外型和人類或動物相似的異形，外型奇特詭異到難以命名的異形。沒有固定外型的異形，外觀模樣五花八門、同時也被稱做妖魔鬼怪的牠們，一直危害著人們的生活。

負責討伐這些異形的，是代代都會產下擁有超凡能力的子嗣、家系十分特殊的異能者們。

異形這樣的存在，只有擁有「見鬼之才」的人才看得見。此外，必須運用異能進行攻擊，才能夠徹底消滅牠們。基於這樣的特殊性，異能者的家系都會備受天皇信賴，長

年以來也一直受到重用。

齋森家是歷史悠久的望族，同時也是異能代代傳承、並因為討伐異形的功績而興旺的家系之一。美世便是以長女的身分出生在這個家中。

她的父母是政治聯姻的關係。基於兩人都是異能者，為了盡可能維持這種特殊血脈的濃度，雙方家長安排了這場相親。明白自己無論怎麼做，都無法違抗家長決定的父親，不得不和當時的戀人分手，不情願地允諾這段婚姻。

出生在這對沒有愛情的夫婦之間的孩子，就是美世。

剛出生的那幾年，美世似乎確實是個備受疼愛的孩子。雖然記憶已經變得相當模糊，但她聽說當時的父親很溫柔，母親也疼她疼得不得了。

然而，美世兩歲時，她的母親因病辭世，父親於是和昔日戀人再婚。在這之後，一切就變了樣。

在繼母的認知當中，是美世的生母拆散了原本是一對戀人的自己和父親，因此，她相當痛恨那個女人的女兒，也就是美世。基於自己當年允諾政治聯姻的愧疚感，父親在繼母面前也顯得抬不起頭。此外，或許他也覺得跟心愛的女性生下的孩子比較令人憐愛吧，隨著繼妹的出生、長大，父親變得再也不看美世一眼了。

身為繼妹的香耶，有著遠比美世漂亮許多的外貌，個性也很機靈，甚至還擁有美世所沒有的「見鬼之才」。因此，不消多久時間，她便開始跟著繼母一起鄙視美世。

美世今年十九歲了。作為名門家系的女兒，這是差不多該嫁人的年齡。

然而，在家中地位連傭人都不如的她，想當然不會有人找上門提親。因為沒有薪水可拿，她也沒有個人積蓄，連自由進出這個家都做不到。

「讓您久等了。」

她將重新泡好的茶放在香耶的餐桌上。繼妹沒有說話，只是用鼻子哼了一聲。

這輩子，她想必都得像這樣，像個傭人般默默侍奉這個家裡的人吧。

美世早已放棄了一切。

待父親、繼母和繼妹吃完早餐，跟其他傭人一起將起居室整理完畢後，美世來到玄關外頭開始打掃。

美世很少負責打掃宅邸內部。因為要是不小心遇到繼母或香耶，八成會被她們要求做什麼麻煩的事情。

這點其他傭人也心知肚明。或許是出自於對美世的體貼吧，她們總會讓她負責洗衣或打掃宅邸外頭的工作。

在繼母和香耶沒有安排外出的日子，打掃玄關外頭，也讓美世的內心輕鬆幾分。

「午安。」

這天，美世默默打掃到接近正午的時候，有客人來訪了。

「啊……幸次先生，午安。」

美世向這名將眉毛彎成八字狀，臉上浮現淺淺笑意的青年低頭致意。

青年名叫辰石幸次。身穿一襲整齊筆挺的三件式西裝，以俊俏的臉蛋朝美世溫柔微笑的他，是跟齋森家一樣，自古將異能血脈代代傳承至今的辰石家的次男。再加上辰石家的宅邸就在附近，他跟美世、香耶三人可說是所謂的青梅竹馬。

最重要的是，幸次一直都將美世當成齋森家的女兒看待。這樣的他，是能夠讓美世敞開心房的對象。

「今天天氣真好呢，感覺很暖和。」

「是的。洗好的衣物都很快就能曬乾，幫了我大忙。」

能跟美世聊這種無關緊要的瑣事的人，現在只剩下幸次了。

自從美世被當成傭人對待後，為了改善這樣的情況，幸次做了不少嘗試和努力。

然而，在被辰石家的當家——意即自己的父親怒斥「不准干涉別人家的家務事」之後，幸次便不再做出明顯袒護美世的言行舉止。儘管如此，美世仍認為他是站在自己這邊的。

「噢，對了。這是我不成敬意的一點心意，不嫌棄的話，請收下吧。」

「……這是……點心嗎？」

美世接過幸次手中那個以美麗和紙做成的紙盒。

「對啊。抱歉，不是現今流行的那種西洋點心。因為我聽說那種點心很容易變質。」

「不會，非常謝謝您。我會跟其他傭人一起分著吃。」

「嗯，就這麼做吧。」

對話至此，美世不經意地察覺到一件事。

「您今天是為了什麼事來訪呢？」

比起以往來家裡的模樣，幸次今天的打扮似乎正式許多。感覺很難得看到他穿上西式服裝。

聽到美世這麼問，表情一下子變得陰鬱的幸次，看似有些尷尬地別過臉去。

「啊，嗯……我……有點重要的事……要跟令尊談……」

這樣的態度也很罕見。雖然個性溫和敦厚，但幸次說話很少像這樣含糊不清。

在美世暗自感到不解時，幸次對她拋下一句「那麼，晚點再見」，便匆匆走進齋森家的宅邸。

到底是怎麼了呢？儘管內心浮現這樣的疑問，但美世隨即做出「這是跟我無關的事情」的結論，重新握好掃把的長柄。

雖然身為齋森家的長女，但這不過是戶籍上的頭銜罷了。美世沒有任何天賦、沒有受過確實的教養栽培、也沒有閉月羞花的美貌，跟貧困的庶民之女沒什麼兩樣。她很清楚自己跟幸次，早已是不同世界的兩人了。

美世無視突然變得沉重的心情，努力集中精神掃地時，一名傭人從宅邸裡跑出來呼喚她。

「美世小姐，老爺找妳呢。」

「咦？」

「他要妳馬上過去宴客廳一趟。」

「……我……我明白……了。」

——美世有種不好的預感。

平常，身分地位連一般的傭人都不如的美世，還不曾在有訪客時被指名找進宅邸裡。這無法想像的事態，只讓她感到恐懼不已。

她以顫抖的雙腿努力邁出步伐，勉強抵達了宴客廳。

「打擾了，我是美世。」

隔著紙門這麼開口後，父親以一句「進來」簡短回應。聽到父親冷酷的嗓音，美世按著紙門的指尖因緊張而變得冰冷。

宴客廳裡頭除了父親和幸次以外，連繼母和香耶都到齊了。

接下來，果然要發生什麼對自己而言不好的事情了——領悟到這一點的美世，以面無表情隱藏內心的膽怯。為了和一臉不悅的繼母與香耶保持一段距離，她選擇在入口附近跪坐下來。

父親連看都不看這樣的美世一眼，只是淡淡地開口。

「今天要說的事情，是關於婚約和這個家的未來……我覺得妳也趁這個機會明白一下比較好，美世。」

婚約。光是聽到這兩個字，便讓美世渾身發抖。

面對接下來確定會出現的變化，隨之湧現的不安、恐懼，以及些微的期待。或許，這是有可能為自己帶來幸福的變化——不過，美世隨即不允許自己懷抱這種想法。

因為，這樣的事情不可能發生。不可能有這種為她量身打造的奇蹟出現。

父親的嗓音在沉靜的宴客廳裡響起。

「我們決定讓幸次入贅，繼承齋森家……將來，以幸次的妻子身分，和他一同支撐起這個家的人，是妳，香耶。」

第一章 相遇與眼淚

——啊啊，果然。

明明已經有所覺悟了，美世仍覺得腳下彷彿突然出現一個無底大洞，恐懼和絕望讓她的內心被黑暗吞噬。那片深邃的黑暗，甚至讓她無力去注意香耶臉上那宛如勝者的得意表情。

之前，美世就已經多少察覺到父親有意讓身為辰石家次男的幸次入贅齋森家。因此，不知不覺中，她開始懷抱「說不定」的淡淡期待。

說不定，她可以跟唯一能讓自己敞開心房的幸次結婚。

說不定，她能夠以女主人的身分繼續待在齋森家。

說不定，香耶會嫁到其他家裡去，讓美世不用再處處被拿來跟她做比較。

說不定，像過去那樣跟父親有說有笑的日子會再次到來。

……這是何等愚蠢的想法呢。這些全都是不可能發生的事。

「美世，我會安排你嫁給其他人家。說媒的對象是久堂家的當家，亦即久堂清霞公子。」

此刻，美世已經連抬起頭的力氣都不剩了。頭垂得不能再低的她，只能以顫抖的嗓音回應「是」。

「哎呀！能嫁到那個久堂家，這不是太好了嗎？」

香耶發出虛情假意的驚嘆聲。

久堂家也是代代由異能者傳承的家系。這個家出了許多強力的異能者，立下的功勞無以計數，也締造了各式各樣的傳說。無論地位、名聲或財力，都是其他家系遠遠比不上的名門世家。

但另一方面，身為當家的清霞則是以冷酷無情的形象聞名。曾有許多出身良好的女性和他締結婚約，但她們在踏進久堂家後，幾乎都待不過三天就毀棄婚約逃回家了。

這些是傭人之間謠傳的八卦。既然連美世都聽說過，實際情況想必很嚴重吧。

然而，父親卻要她嫁給這樣的男人。而且，一旦離開齋森家，美世想必不可能再有機會跨進這個家的門檻了吧。

甚至不曾去女子學校受過教育的美世，不可能和久堂家的當家順利發展。父親理應對這點心知肚明才是。

「對沒有任何長才的妳來說，這樣的姻緣可遇不可求呢。要是拒絕就太失禮了，齋森家可不能這麼做呀。」

繼母看起來心情大好。可見對她來說，美世是個多麼礙眼的存在。

「嗯，當然不能拒絕這門婚事。妳等一下馬上去收拾行李，準備完畢後，就啟程去久堂家的宅邸。」

感覺彷彿有桶冰水從頭上澆下的美世，擠不出半句回應的話。

能夠離開這個齋森家的話，她覺得自己的心情應該也會輕鬆一些。然而，倘若婚約對象是久堂家當家，那就沒有任何值得期待的事了。

不是沒多久就被掃地出門，就是讓傳說中冷酷無情的婚約對象感到不快，最後遭到砍殺。像現在這樣被當成傭人對待，說不定還來得好一些。

在正式締結婚約前，到對方家中生活，一邊學習夫家各方面的行事慣例，一邊確認兩人是否合得來，是相當罕見的做法。不過，既然對方是被外界謠傳難以相處的清霞，會採取這樣的方式，或許也不足為奇。

儘管如此，這一切仍讓美世感覺自己彷彿被全世界遺棄。她的眼前一片黑暗。

懷著沉重的心情離開宴客廳後，美世聽見從後方追上來的幸次呼喚自己的聲音。

「幸次先生？」

美世轉頭，發現幸次臉上帶著她至今未曾見過的、尷尬到痛苦扭曲的表情。

「美世，對不起。我真的很不中用。到頭來，我還是什麼都做不到，就連現在，我也不知道該對妳說些什麼才好……」

「這不是您需要道歉的事情，幸次先生。純粹是我的運氣比較不好。就只是這樣罷了。」

為了讓幸次放心，美世試著露出微笑，但臉頰卻像是結冰那般僵硬，讓她無法做出自然的表情。

話說回來，她最後一次露出笑容，是什麼時候的事情了呢？

「不對！這不是運氣什麼的……」

「這就是運氣……沒關係的，我並不介意這樣的安排。因為，我嫁過去之後，或許也有機會得到幸福。」

美世道出自己根本不曾懷抱的期待。像是刻意講給對方聽的台詞，就這樣不自覺地傾洩而出。

「……妳不會埋怨我嗎？」

幸次露出泫然欲泣的表情。

希望美世責備自己「你為什麼沒有伸出援手」——幸次這樣的想法隱約透露出來。

此刻，美世的心早已是千瘡百孔的狀態。完全沒有餘力去顧及他人感受的她，以淡淡的語氣這麼回應：

「我沒有埋怨您。我早就忘了埋怨他人的感覺了。」

「對不起。真的很對不起。我想要拯救妳。想再像從前那樣和妳說說笑笑……美

世，我對妳——」

「幸次先生。」

一個呼喚聲突然傳來，是隨後跟上來的香耶。

在她那張迷人的美麗笑靨之下，有某種極為可怕而不祥的東西靜靜潛伏著。

「你們在聊些什麼呢？」

「……！」

幸次咬唇，將剛才說到一半的話硬生生吞了回去。

「沒……沒什麼。」

出身名門世家、能力和外貌都相當不凡的幸次，要說他唯一的缺點，或許就是這種地方了吧。

因為溫柔過頭，他顯得相當膽小怕事。

在這種情況下，若是他表達了什麼想法，想必會傷害到美世或香耶其中一人。明白這一點的他，到頭來只能選擇噤聲。

美世並不知道他原本打算說些什麼，事到如今，也不想知道了。

然而，即使無力解決最根本的問題，這般溫柔的幸次，過去確實拯救過她無數次。

「幸次先生。」

「……美世？」

「謝謝您過去的諸多照顧。」

現在，美世能說的只有這句話。

她累了。

深深一鞠躬之後，美世頭也不回地離開。在一旁目送這樣的姊姊離去的妹妹，臉上仍帶著動人微笑。

這晚，美世遲遲無法入睡。

睡在約莫只有一坪半大小的傭人個人房裡的她，私人物品原本就少之又少。把最基本需要的物品打包成行李後，真的就什麼都不剩了。

以前，她原本還保留著過世的母親遺留下來的和服，但到最後不是被扔掉、就是被繼母和繼妹拿走，現在手邊已經一件都不剩。其他高價的小東西也全都是如此。

美世現在的私人物品，除了這副軀體以外，就只剩傭人的工作服、以及其他同事送給她的二手衣物和日用品。

另外，還有據說是父親賜給她的一件高級服飾。造訪久堂家的時候，要是穿著一身破布粗衣，有損齋森家的門面——似乎是基於這樣的考量吧。此時，美世終於明白，父

親其實一直都知道她沒有一件像樣的和服可以穿出門，卻仍置這樣的她於不顧的事實。

美世裹著早已習慣的單薄被單，卻一直無法成眠。不知為何，過去像跑馬燈那樣浮現在她的腦中。

幸福的回憶早已變得遙遠，只剩下痛苦煎熬的記憶。而且，從明天開始，前方也必定不會有幸福的未來在等著自己。只能在入睡時期待自己的壽命早些走向終點。這是美世唯一能做的。

簡直像是已經在黃泉路上前進似的。

儘管這麼想，但美世已經連浮現自嘲笑容的力氣都沒有了。

在異能者的家系中，久堂家可說是名門中的名門。

承襲異能的家系，基本上都是從很久以前就相當活躍、擁有悠久歷史的名門。其中，又以久堂家特別出類拔萃，以最強家系威名遠播。

坐擁爵位、家財萬貫，而且在日本全國都擁有大片土地。美世曾聽說過，光是出租那些土地，就能讓久堂家坐收鉅額租金。

目前的當家名為久堂清霞。今年二十七歲的他，自帝國大學畢業後，便通過了極為困難的軍士官考試。目前在軍中擔任少校的他，據說是有權力率領一整支部隊的。

這般年輕有為、富可敵國的人物，想必過著無比奢華的生活吧。

在父親下達出嫁通告的隔天，美世便換上和她孱弱的身子格格不入的華麗裝束，帶著少少的行李前往清霞的住處。

她沿著地址，在中途搭乘不習慣的路面電車，最後終於抵達了目的地附近──至少美世是這麼想的。

因為，不管怎麼看，這裡都是郊區，而不是知名的久堂家豪宅的所在處。

（久堂家的當家住在這種地方嗎……？）

雖然距離市區並不遠，但這裡的風景看上去多半是森林或田野，連民宅建築物也寥寥可數。不同於市區，在入夜後，這一帶全數沒入黑暗之中的光景，感覺不難想像。

久堂家沒有派人來迎接她，這場婚事也沒有媒人或介紹人。原本陪同美世出門的齋森家傭人，在離開市區時就先行返家了。現在，只剩她一人走在寂寥的鄉間小徑上。

片刻後，美世抵達了一間位於靜謐林間、有著茅草屋頂的小型房舍──不，應該說是更小一些的獨棟房。

這棟建築物的外觀，簡素到實在不像是名門當家的住處。不過，停駐在附近的一輛轎車，清楚顯示了屋主的財力。

在這個時代，轎車基本上都是海外進口的舶來品，價格也極為高昂，一般的平民老百姓不可能買得起。

所以，這裡想必就是久堂清霞的住處無誤了吧。

「不好意思，請問……」

美世戰戰兢兢地伸手敲了敲大門，結果裡頭馬上有人回應。

「來了來了……哎呀，請問您是？」

從大門內側探出頭的，是一名身型嬌小、看起來和藹可親的老婦人。從裝扮看來，她應該是這個家的傭人。

「您好，小女子名為齋森美世。今天是為了和久堂清霞大人締結婚約而來……」

「哎呀，齋森大人。我們恭候您多時了。」

在美世的想像中，倘若雇主是冷酷無情之人，負責侍奉他的傭人，或許也會是宛如人偶那般缺乏感情起伏的冷淡個性吧。因此，面對這位朝自己露出溫柔笑容、態度和說話語氣都柔和不已的老婦人，她不禁有些困惑。

「來，您快請進吧。我帶您去少爺的書齋。」

在老婦人催促下，美世踏進了久堂家。

跟齋森家的宅邸相比的話，這間獨棟建築顯得狹窄許多。雖然是木造房舍，但木頭表面看不到什麼腐爛或蟲蛀的痕跡，感覺才剛蓋好沒幾年。不同於房舍的外觀，踏進裡頭後，讓人感受到一種住起來很舒適的氛圍。

在鋪設木質地板的短短走廊上前進時，老婦人表示自己叫做由里江。身為久堂家傭人的她，從現任當家還年幼時，便代替雙親扶養他長大。

「……少爺在外似乎有一些不太好的傳聞，不過，他其實是一位相當溫柔的人喲。所以，您不需要這麼緊張。」

看著進門後就不發一語的美世，由里江或許以為她在緊張吧，於是以溫和的語氣這麼安慰。

其實，美世並沒有緊張到說不出半句話的程度。純粹是因為她多年來已經習慣避免與人進行無謂的交談、或是詢問什麼多餘的問題。

因為，從過去到現在，只要她多說了什麼，就會被認定是在忤逆、頂嘴，然後換來一頓打罵。

「謝謝您的體貼。」

然而，即使聽到由里江說清霞其實是一位相當溫柔的人，美世的心情並沒有因此豁然開朗。

無論對方是溫柔還是冷淡的人，在這門婚事告吹的瞬間，美世就會變得無家可歸，

最後只能淒涼地死在荒郊野外。

不過，或許這樣就夠了吧。

死的時候或許很痛苦，但至少在那之後就不用再承受任何煎熬了。可以得到解脫。

被由里江領著來到書齋後，美世踏進裡頭，然後深深一鞠躬。

「日安，老爺。初次見面，小女子名為齋森美世。」

「……」

她的婚約對象久堂清霞坐在書桌前，似乎正在忙著處理文書作業，連看都不看美世一眼。

然而，對美世來說，在沒有收到任何指示的情況下，要主動說些什麼、做些什麼，是極為困難的事情。所以，她決定一直低垂著頭靜靜等待。

「妳打算維持這種姿勢到什麼時候？」

這個從上方傳來的低沉嗓音，讓美世稍微鬆了一口氣。太好了，他有聽到我說話呢。光是願意開口回應，或許已經算得上是親切了。

美世一度抬起頭，然後再深深垂下頭。

「非常抱歉。」

「……我沒有要妳道歉。」

聽到清霞嘆著氣這麼說，美世再次抬起頭。映入眼簾的，是他籠罩在來自窗外的和煦春日陽光之下的動人身影。這讓美世有些不知道該將目光落在何處。

（好美的人啊。）

她以為自己已經看習慣面容姣好的人了。因為繼母和繼妹都是美人胚子，而包含幸次在內的辰石家成員，個個也都生著清秀俊俏的臉蛋。

不過……該說清霞更別具一格嗎？他不但擁有男性凜然威風的氣質，同時也兼具了女性柔弱纖細的美。不分男女老少，目睹他的面容的人，想必都會以「美麗」一詞來形容清霞吧。

「妳就是新來的未婚妻人選嗎？」

聽到這個質問，美世點點頭回答「是的」。結果清霞板起臉孔，露出厭惡的表情。

「聽好了。在這裡，妳絕對要服從我說的話。我叫妳滾出去，妳就得滾出去。我叫妳死，妳就得死。不准有任何怨言或反駁。」

清霞以不屑的態度這麼放話後，又轉過身開始忙碌。美世凝視著這樣的他，有種自己緊張過頭的茫然感。

她明明已經做好會被狠狠怒罵、鄙視一番的覺悟了。什麼啊，原來只有這樣嗎——美世這麼想著，然後隨即接受了清霞的條件。

「我明白了。」

「什麼?」

「您……還有什麼吩咐嗎……?」

「……」

「那個……那麼,我就先行告退了。」

雖然清霞帶著一臉狐疑的表情轉過頭來,但因為他看起來沒打算再開口說些什麼,美世選擇就這樣離開書齋。

「不見了……!不見了……不見了!為什麼……」

聽見年幼的自己焦急得快要哭出來的嗓音,美世瞬間明白自己是在作夢。

糟糕透頂的那一天的夢。

她不可能忘記。那是她還一如往常地念尋常小學(註1)的時候。年幼的美世,在上完才藝課後返回自己的房間,卻發現裡頭一如字面上那樣空空如也。

註1:日本在明治維新~第二次世界大戰期間的初等義務教育機構。

「跑到哪裡去了……？」

別說她的個人物品了，就連十分珍惜地收在抽屜裡的、過世的母親留下來的和服、腰帶和飾品——甚至連整座梳妝台和一支支的口紅，都全數消失。

美世隨即判斷這是繼母所為。

「美世大小姐，您怎麼了？」

聽到她的聲音趕來的，是身為傭人的花姨。

打從美世出生後，花姨便一直負責照料她，可說是宛如美世第二個母親的存在。

「不見了……！母親的遺物全都不見了……！」

「怎麼會……這到底是……」

花姨剛才因為外出採買而不在家，所以對這件事完全不知情。

看著雙眼泛淚的花姨不停以「很抱歉、真的很抱歉」向自己鞠躬賠罪，美世不禁緊咬下唇。

「這一定是繼母做的。」

美世的母親在她兩歲時過世。之後，因父親續絃而成為她的繼母的香乃子，非常地厭惡美世。

香乃子的女兒、亦即美世的繼妹香耶，雖然比美世小三歲，但已經開始展現出異能

的天賦。

繼承了母親美貌的香耶，五官精緻得彷彿洋娃娃那般美麗，無論學習何種才藝，都能在轉眼間學會。而且，她也展現出被視為異能基礎的「見鬼之才」——也就是能看見異形的能力。

——這些，全都是美世所做不到的。

美世的父母當年之所以會答應這場政治聯姻，純粹是為了承襲異能。然而，兩人生下來的美世卻沒有異能，反而是非異能家系出身的香乃子生下的香耶擁有異能。

這樣的話，自己跟美世的父親，當初到底是為了什麼而硬生生被拆散呢——過去跟父親曾是一對戀人的繼母，想當然為此感到相當不快。

即使是年紀尚小的美世，也能夠理解這樣的前因後果。因為繼母平常總會恨恨地咒罵她「要是沒有妳就好了」、「妳的母親根本是個賊」等等。

然而，能不能接受，又是另外一回事了。

「我去找繼母一下。」

遭受到這樣的對待，美世無法繼續悶不吭聲。對她來說，母親的遺物，是想在這座冰冷的宅子裡繼續生活下去的她不可或缺的心靈依靠。

「您一個人去？這麼做不太……」

「……不要緊的。要是真的行不通，我會去找父親說。」

回想起來，這個時期的美世，仍舊以為父親會站在自己這一邊。

儘管父親愈來愈少搭理她，但美世仍相信，倘若向他傾訴自己的煎熬和無助，父親應該至少會去找繼母說個幾句。

然而，事實徹底背叛了她的期望。

「不……不要……！放我出去！快來人放我出去！」

美世前往繼母的所在處，表示自己房裡的東西全都不翼而飛了，詢問她是否知道些什麼。但繼母卻為美世將她視為小偷的行為勃然大怒，將她關在宅邸後方的倉庫裡頭。

「在妳好好反省之前，可別再出現在我的跟前。真不愧是那個狐狸精的女兒呢。竟然把別人當成竊賊，本性簡直惡劣到極點。跟香耶差了十萬八千里呀。」

「繼母！拜託您放我出去……！」

從外側以門栓固定的倉庫大門，無論怎麼使勁推、使勁敲打，都一動也不動。聽著美世拚命捶門哭喊的嗓音，繼母只是以「真不像樣呢」嘲笑她之後，就離開原地了。

即使是現在的美世，回想起這件事，仍讓她直打哆嗦。

倉庫內部只有位於高處的一扇小窗能夠透光，因此即使是白天時段，裡頭也相當昏暗、寒冷而潮濕。因為鮮少使用，所以裡頭也沒有堆放什麼物品，是個感覺寂寥又空虛

的空間。

被關在這種地方，而且又不知道何時才能被放出去，年幼的少女不可能不會害怕。

「嗚嗚……放我出去……誰來……救救我……」

對不起、救救我、原諒我。儘管不停這麼大聲哭喊，仍沒有任何人來拯救美世。在中午過後被關進倉庫裡的她，最後直到深夜才被放出來。

原本以為是自己的救命繩索的父親沒有現身。

而且，在美世被關進倉庫的這段時間，花姨因不合理的事由而遭到解雇，被趕出了齋森家宅邸。

就這樣，原本貴為齋森家千金的美世，轉眼間淪落為連傭人都不如的存在。

早晨，美世在一如往常的時間醒來。

她默默拭去從眼眶溢出的斗大淚珠，然後起身。

她回想起昨天和清霞初次見面時的情況。

『在這裡，妳絕對要服從我說的話。我叫妳滾出去，妳就得滾出去。我叫妳死，妳就得死。』

這算不了什麼。對美世而言，這樣的待遇和過去沒有兩樣，因此她毫不猶豫地接受了這樣的條件。

之後，看到美世若無其事地從書齋走出來，由里江似乎安心了一些。接著，她領著美世到屬於她的個人房間。

裡頭只有時鐘、櫃子、書桌、棉被等最基本的生活家具。

雖然是個跟高貴奢華完全沾不上邊的樸素房間，但裡頭的空間比美世過去在齋森家使用的傭人房更加寬廣。事先準備好的棉被，也是觸感截然不同的高級品。

因為沒有多少行李需要整理，將幾件少少的衣物放進櫃子裡後，美世婉拒了晚餐直接睡下，直到現在。

或許是因為睡在蓬鬆柔軟的墊被上，美世的疲憊感已經完全消失，身體的狀況感覺也不錯。

不過，她仍不解地歪過頭。

（在這裡，我該做些什麼才好呢……）

美世不小心像過去那樣，在天都還沒亮的時間就醒過來。一旦成為久堂家當家之妻，理應不需要這麼早起才對。至少，同樣身為名門女主人的繼母就是如此。

若是平民老百姓的家庭也就算了，但這裡可是尊貴超凡的久堂家。當家之妻想必不需要自己下廚、或是打掃洗衣吧。

（可是，我其他事情都不會……）

諸如花道、茶道、舞蹈和彈琴等才藝，美世過去都有學過，但也已經中斷好幾年了。以前學過的內容早已變得記憶模糊，完全無法表演給別人看。

真要說的話，未能受過完整教育的美世，根本也不可能成為久堂家的女主人。

然而，就算這樣，她也不能什麼都不做。

煩惱到最後，美世選擇準備早餐。

親自洗手做羹湯的新娘子，或許不適合成為久堂家當家之妻；不過，反正打從一開始，自己就不適合這樣的身分了——美世這麼想著，於是看開了一些。

無論再怎麼勉強自己，美世都無法當個被打扮得美麗動人、只要在一旁負責陪笑就好的妻子。要是因為今天的舉動而被趕出這個家，就到時候再說吧。

而且，由里江也讓她有些在意。

由里江似乎是每天都會從自家通勤來這裡的傭人。一大早就得拖著年邁的身軀趕來準備飯菜，想必是很辛苦的事情。

這樣的話，或許由自己來負責會比較好吧……？

雖然這只是她為了在被責罵時端出來的藉口罷了。

（這裡的食材很充足……那就洗米煮飯、再煮味噌湯——這種魚乾是烤來吃的吧？

另外，還有蔬菜……）

美世一邊思考，一邊確認烹飪用工具的所在處。發現這棟位於郊區的小巧房舍有自來水可用，讓她相當感動。接著，她生火開始準備做菜。

基本上，準備餐點是廚師的工作，但美世對烹飪也略懂一二。

這是因為不管怎麼枯等，齋森家都不會出現屬於她的那一份飯菜。

嚴格說起來，美世並不是正式聘請的傭人，但卻又沒有被算在家族成員之中。所以，無論是父親、繼母和繼妹享用的豪華大餐，或是提供給傭人們的員工餐，都沒有她的份。

美世只能拜託廚師將多餘的食材分給她，然後自己煮自己的那一份餐點。遇到沒有多餘食材的日子，她就只能少吃一餐。

忙著做菜過了一段時間後，廚房的門緩緩被人打開，由里江探頭進來。

「……美世大人？」

「早安，由里江太太……那個，不好意思，我擅自動用廚房的物品。」

「早安，美世大人。怎麼會是擅自呢，請您別這麼說。您可是少爺的未婚妻呢。」

由里江露出發自真心的笑容揮揮手，看起來一點都不在意。不僅如此，她甚至還表示這樣勞煩即將成為當家之妻的人物，讓她深感抱歉。

（我是不是做了多餘的事情呢……）

竟然讓由里江向自己道歉了。美世明明完全沒有這個意思。

因為過意不去的想法愈來愈強烈，美世垂下頭，結果背後傳來掌心溫熱的觸感，讓她猛地抬起頭來。

「美世大人。我已經是這樣滿臉皺紋的老太婆了呢，所以，您願意幫忙，真的讓我輕鬆許多。非常感謝您。」

「……不……會……」

個子比自己稍矮的由里江露出的溫柔笑容，深深溫暖了美世的心，讓她一時說不出話來。

「來來來，距離少爺起床，還有好一段時間。我們來把其他事情做好吧。美世大人，可以把廚房的工作交給您嗎？」

「好的……如果……您願意讓我來做的話。」

聽到美世的回答，由里江滿意地點點頭，然後迅速換上一身烹飪服，匆匆走出廚房。

感覺沮喪的心情稍微平復一些的美世，繼續進行由里江交給她的早餐準備工作。

忙著做其他工作的同時，由里江也會不時來廚房探視。聽到她表示差不多是清霞起床的時間後，美世開始以餐具裝盛完成的餐點。

剛煮好的白米飯、海帶豆皮味噌湯。預先準備好的燉菜滷得很入味，烤好的竹筴魚魚乾散發出誘人的香氣，還有汆燙菠菜和裝在小盤裡的醃菜。

儘管不如廚師所做的那般美味，但應該是能讓人滿意的水準。

美世捧起早餐，和由里江一起前往起居室，發現清霞盤腿坐在裡頭的榻榻米上，正在閱讀報紙。

這是美世初次目睹他穿著軍裝的模樣。即使沒有將衣領上的釦子扣好，他的軍裝打扮仍十分挺拔帥氣，讓人無法移開視線。

聽由里江說，這個家一般習慣在方形的用膳桌上吃飯，所以到了用餐時間，會把室內的圓形矮桌暫時收起來。現在，那張木製圓桌便已經被移到房間一角。

「早安，少爺。這是您的早餐。」

「早安……由里江，別在人前喚我少爺。」

即使板起臉這麼表示，未婚夫的那張臉蛋仍極為清秀動人。

對美世來說，幾近完美的他實在過於炫目，讓她無法直視而移開視線。

「少爺，今天的早餐，是美世大人親手為您做的喲。」

清霞似乎是聽到由里江的這句話，才發現美世原來也在場。他將手中的報紙折好擱在一旁，微微瞇起雙眼望向她所在的方向。

美世早已習慣被他人忽略，因此，她原本覺得就算清霞沒注意到她的存在，也完全無所謂。應該說，像這樣突然被他盯著看，反而會讓美世不知所措。

「……是嗎？」

「是的！美世大人備餐的動作相當熟悉俐落，幫了我很大的忙呢。」

老實說，美世以為自己會挨一頓罵。

例如「身為久堂家當家之妻的人，豈可下廚炊煮？」之類的。不過，她隨即發現清霞此刻所思考的，是完全不同的另外一回事。

「妳過來坐在這裡。」

清霞以冰冷的視線和嗓音這麼命令美世。

美世照著他所說，在自己端過來的用膳桌前跪坐下來。隨後，並未動筷的清霞這麼表示。

「妳先吃給我看。」

「咦……」

比主人早一步開動，是不被允許的事情——這樣的觀念深植在美世腦中，讓她猶豫著是否該採取動作。

基於由里江的指示，美世其實也有把自己那一份飯菜端過來，但她壓根沒打算跟清霞一起用餐。因為她認為自己沒有資格跟主人同席。

然而，看到美世遲遲沒有動作，清霞的表情變得愈來愈冰冷。

「妳沒辦法吃嗎？」

他的嗓音相當低沉，低沉到足以令人直打哆嗦。不過，對於美世嚇得發抖的反應，清霞卻有另一種解讀。

「那……個……」

「哼，八成是下毒了吧。還真是好懂。」

「咦……」

「下毒……？」

由里江也吃驚地開口，但清霞無視她的反應而從座位上起身。

「我可不吃這種不知道裡頭摻了什麼的東西。給我收拾乾淨——下次想下毒的話，手腳要俐落一點。」

不屑地這麼表示後，清霞便離開起居室，由里江也慌慌張張地追了過去。

剩下美世一個人留在原地。

腦中變得一片空白的她，終於得出了「清霞質疑她企圖暗殺自己」的結論。

（不吃這種不知道裡頭摻了什麼的東西……嗎？）

這麼說來，美世想起父親似乎也很在意生活中跟自己息息相關的各種安排。

愈是掌握大權之人，性命愈容易被人盯上。至今，清霞想必也不斷被人當成下手目標吧。

而下毒殺害，正是掌權者最警戒的事情之一。

（我是不是有點得意忘形了呢……）

離開老家來到這裡，還被由里江交代下廚的工作。

她壓根沒想到，出自名門的千金有能力煮一席飯菜，其實是一件相當不自然的事情，因此會被懷疑，其實也無可厚非。

不想被趕出去，所以有些急著求表現，想必也是原因之一。

——她失敗了。

從一開始就錯了。美世所做的事情，果然只是多餘的。

不過，她沒有馬上被清霞抽刀砍殺，或許已經算很好了。

因為放了一陣子，米飯的表面已經有些乾掉。美世以顫抖的手拿起筷子，挖起一小口放進嘴裡。

儘管早已習慣一個人吃冷掉的飯，但不知為何，她今天卻有種彷彿吞下了小石子的感覺。

對異特務小隊。

在帝國陸軍之中獨樹一格的這支部隊，是為了處理在帝國內部發生的各種和異形相關的事件而成立的組織。

幾乎每個小隊成員都擁有見鬼之才，又或是能夠使用遠超過人類理解範疇的能力的異能者。

說起來，擁有見鬼之才或異能的存在，原本就為數不多，而且幾乎都是來自名門世家。在這之中，願意投身隨時會遭遇危險的軍人一職的成員，又是更寥寥可數的特例。因此，說得好聽點，這是由少數精銳組成的部隊；但實際上，就只是人手永遠不足、鮮為人知的一個部門。

而率領這支奇特部隊的久堂清霞少校，現在正為大量的文件忙得焦頭爛額。

所謂的隊長，理應是隊伍之中實力最高強的人物才對。然而，遺憾的是，他多半都只是待在值勤所裡，鮮少前往現場解決事件。

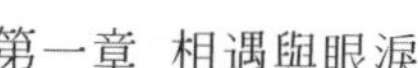

倘若是特別棘手的事件，他當然會親自出馬。除此以外，他也曾奉上頭的指令、或是因應不同情況而親赴現場。但現在，他選擇專心消化眼前這些堆積如山的文件。

不過，罕見的是，他今天一直無法好好集中精神。

清霞自己也很明白理由。是早上那件事讓他耿耿於懷。

只是，他也很清楚，就算明白理由為何，他也無能為力。

——我可不吃這種不知道裡頭摻了什麼的東西。

不屑地這麼表示後，清霞便返回自己的房間做出門準備，但卻被跟過來的由里江不滿地叨念了一番。

「您何必用這種方式說話呢。美世大人真的很用心替您準備了飯菜喲。我不認為美世大人是會在餐點中下毒的人。」

由里江是代替雙親將清霞扶養長大的人，因此，從以前開始，清霞基本上都會順著她的意見。不過，今天早上那件事，他並不打算讓步。

才剛認識、彼此之間不存在任何信賴關係的人做的飯菜，他不可能送進嘴裡。這是理所當然的事情。

更何況她還是齋森的女兒。倘若是齋森家，意圖謀害久堂家的當家並取代其地位，就不是什麼不可思議的事。畢竟，齋森家也是地位崇高到有可能做出這種事情的名門。

因此，清霞提高了戒心。會這麼做並不奇怪。

雖然並不奇怪，但就算由里江沒念他一頓，清霞內心也有種不痛快的感覺。

「少爺，您有在聽我說話嗎？」

「嗯，我有在聽。」

由里江的意思大概是這樣的。

名為齋森美世的那個女人，似乎跟過去的未婚妻人選、或是相親對象不太一樣。

至今，他真的跟眾多女性締結過婚約，人數多到用雙手雙腳的指頭都數不完。

不過，她們清一色都是完全無法讓清霞當成結婚對象的女人。

有的人光是看到他所居住的那間樸素房舍，便嫌棄不已，甚至沒有入內拜訪就折返離開。有的人還忿忿不平地表示「久堂家的當家為什麼會住在這種簡陋的小屋裡呢？」有的人不停對清霞阿諛奉承，但卻在背地裡欺負由里江。有的人則是一下子說不喜歡那裡的三餐、一下子又提出換房間的要求，個性任性至極。

居住在那種房舍裡，確實不是一般的名門當家會選擇的生活。關於這點，清霞也有自覺。

不過，儘管如此，不願意去理解可能和自己結婚的對象，只是一股腦地主張自身感受的女人，他可完全不考慮。

清霞沒有要否定她們以自己的身分地位為榮的想法、或是高高在上的態度，只是，「一切都該順著自己的意思」這種自以為是的表現，也該適可而止一點吧——他總是不禁這麼想。所以，婚約也總是以破局收場。

「我覺得很開心呢。因為，這是我第一次遇到會替我著想、甚至願意協助我工作的人喲。」

「……是嗎？」

離開起居室時，清霞朝美世瞥了一眼。那張臉上雖然沒有浮現任何表情，但不知為何，清霞總覺得她好像快要哭出來了。

被由里江這麼一說，他也覺得美世確實跟過去那些女人有些不同。

不過，在他來到玄關準備出門上班時，面無表情的美世也跟了過來。

「請您路上小心。」

以平淡的語氣開口，然後低頭鞠躬的她，看起來已經不像方才那樣泫然欲泣。

「我出門了。」

朝自己深深鞠躬的她——看起來簡直像一名傭人。

名為齋森美世的這個女孩，到底是在什麼樣的教育下成長至今？在清霞的認知當中，以名門千金的身分被栽培長大的女性，一般不會有那樣的言行舉止才對。

（總之先靜觀其變吧。）

他處理著手邊的文件，暫時做出這樣的結論。

其實，他原本打算用一如過往的做法，馬上把美世掃地出門。不過，今天早上那件事雖然有令他在意的地方，但還不至於感到不快。

另一方面，也純粹是因為從結婚對象來考量的話，齋森家的女兒具備了許多相當理想的條件。

（真是的……在勤務時間淨是思考女人的事情。我也真夠鬆懈的啊。）

這麼想著，清霞吐出一口氣，再次試著專心工作。

在太陽徹底西沉的時刻返家後，清霞看到獨自出來迎接他的美世，在玄關跪坐下來，以三指拄地向他行禮。

「歡迎您回來，老爺。」

「……我回來了。」

「那個……老爺。」

脫下長靴時，清霞聽到美世的輕聲呼喚。

她的臉上依舊不見任何情緒起伏，視線也一直望向斜下方。

「怎麼？」

「……今天早上的事，真的非常抱歉。是我逾矩了。站在老爺的立場，無法信賴的人所做的飯菜，是絕對不可能放進嘴裡的——只要稍微思考一下，應該就能明白這樣的道理。」

「……」

「那個……晚餐都是由里江太太做的，我已經把她替您裝盛的飯菜放在用膳桌上。我發誓裡頭絕對沒有毒，還請您——」

請您原諒——美世以幾乎要整個人趴在地上的動作深深垂下頭。

要是她針對早上的事情發脾氣，清霞倒還能理解；然而，看到美世這樣向自己賠罪，反而讓他有些尷尬起來。或許，這般誠懇的賠罪，會讓清霞覺得他彷彿成了強硬要求對方道歉的惡人。

看著微微顫抖的美世，清霞陷入了自己在欺負弱小的感覺。

「我並非真的在懷疑妳。」

那只是他自顧自地提高警戒、又自顧自地祭出警告罷了。

「我的說法也有些過分了。」

「不……不會！怎麼會呢？不對的人是我。」

美世縮起身子，態度戒慎恐懼到令人憐惜的程度。清霞本人並沒有要對她施加壓力的意思，因此，看到這樣的美世，讓清霞有些不知所措。

不過，重新將她好好看過一次之後，清霞總覺得美世看起來實在不像是出身名門的貴族千金。

她身上的和服，是連二手衣都稱不上的粗陋衣物。

從和服之中探出來的頸子和手腕，則是細瘦無比，一看就知道她的日常三餐恐怕出了什麼問題。簡單盤起的一頭黑色長髮，也因受損而黯淡無光。

此外，她白皙的指尖甚至滿是皸裂的傷痕，那是每天都得不停洗東西的人才會有的手。

現在這個時代，如果是住在都市的女孩子，就算是平民，穿著打扮應該也會比眼前的美世來得體面。

「妳呢？妳已經吃過晚餐了嗎？」

因為美世總是低垂著頭，清霞未能好好端詳過她的容貌。

「咦……呃，我……」

不知為何，美世支支吾吾起來。

清霞踏進起居室，發現裡頭只放了一張用膳桌。如果已經吃過了，大可直接這麼回答他就好。看來，這個女孩子似乎很不擅長說謊。

「妳還沒吃嗎？為什麼沒準備自己的那一份？」

看著視線在半空中游移的美世，清霞不禁有些無奈。

在清霞的認知當中，跟自己的家人、或是關係等同於家人的人物一起用餐，應該是一種常識、是理所當然的事情才對。但現在，看來好像不是這樣。又或者，美世其實並不明白自己的立場？

清霞嘆了一口氣。

◇◇◇

這天，美世一直懷抱著忐忑不安的心情。

對方明明是必須提防自己遭人下毒謀害的人物，她卻沒想太多，就擅自準備了餐點。結果，不但浪費了食物，還讓主人在沒吃早餐的狀態下踏出家門。

倘若清霞真如傳聞中那樣冷酷無情，美世恐怕已經無法繼續待在這個家裡了吧。

她絕對會被趕出去，就像清霞過去那些相親對象或未婚妻一樣。雖然由里江要美世別在意，但她不可能不去在意。

一旦被趕出去，她就無家可歸了。照理說，在那之後，她應該馬上出門去找一份能包吃包住的工作才對。

說不定，她其實是某種總會讓他人感到不悅的瘟神吧。

看到剛回到家就開始嘆氣的清霞，被這樣的態度刺傷的美世不禁咬唇。

「由里江沒有準備妳那一份晚餐嗎？」

糟糕。這下換由里江被質疑了。

儘管清霞只是單純道出自己的疑問，但美世並未察覺到他臉上平靜的表情，只是慌忙地開口解釋。

「不……不是這樣的。」

美世表示，因為她打算吃掉早上沒吃完的早餐，所以請由里江不用準備她的晚餐——實際上，她中午只有稍微吃一點東西，剩下的都交給來回收廚餘的附近的村民了。

美世也很想把餐點吃完，然而，過去一天能吃一餐就算不錯的生活，讓她的食量變得很小。再加上早上的失態，導致她沒什麼胃口。

然而，她不敢將這些據實以告。她不希望自己有一餐沒一餐的情況，讓清霞推敲出

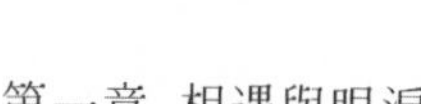

她在娘家所遭遇的對待。這種像是告狀的行為，要是影響到齋森家的門面，父親想必不會原諒她。

「那個……因為我……沒什麼胃口。是我請由里江太太不要替我準備飯菜。」

「沒有胃口？妳身體不舒服嗎？」

「不，不是什麼嚴重的事情。只是偶爾會這樣而已。」

察覺到清霞的語氣變得嚴厲後，美世試著這樣含糊帶過。

說得正確一點，她不是偶爾會沒有胃口，是偶爾必須面對整天都沒得吃的情況。

「……是嗎，也罷。」

清霞的嗓音聽起來有些沒好氣。

不過，會在意美世是否已經吃過晚餐，就代表清霞目前應該還不打算把她趕出去。

又嘆了一口氣之後，清霞表示自己要去換套衣服，接著便朝個人房兼書齋走去。

（……他其實……是個溫柔的人呢。）

美世回想起昨天剛踏進這裡時，由里江對她說過的那句話。

由里江表示，雖然清霞有一些不太好的傳聞，但他其實是一位相當溫柔的人，所以要美世不用太緊張。

老實說，美世現在仍覺得清霞很可怕。

他的臉上從未浮現過笑容。光是回想起他今天早上的冷酷表情和嗓音，就足以讓美世開始打顫。再加上他的那張秀麗面容，更容易加深他人的恐懼。

然而，剛才的他向美世道歉，還擔心起她的身體狀況。或許，清霞並不全然是個冷冰冰的人——美世似乎稍微能明白了。

「是冷的啊。」

將餐點送進口中的清霞這麼輕喃。

今天的晚餐是由里江準備的。這些連裝盤都十分美觀的飯菜，美世不敢擅自將它們拿去重新加熱，所以都涼掉了。

由里江已經結束一天的工作而返家了。據說因為她是每天通勤過來這裡，所以清霞交代要她早點回家。

「非常抱歉。」

「剛才那句話不是要妳道歉。妳總是動不動就開口道歉啊，為什麼？」

為了隨時回應清霞的吩咐，而坐在一旁待命的美世，在感受到他銳利的視線後垂下頭來。

動不動就開口道歉，是因為她在娘家一直都這麼做。一旦被繼母或繼妹盯上、開始

被她們挑毛病的時候，除了賠罪以外，其他都是不允許說出口的話。

而且，沒有即時道歉的話，只會讓她們的欺凌和辱罵變得更嚴重，所以，美世總是會反射性地道出賠罪的字句。

無法回答清霞這個提問的她，只能沉默地垂著頭。

「不願意說……是嗎？」

「非常抱──」

「不要道歉。」

他打斷美世的話，音量雖然不大，聽來卻強而有力。是能夠瞬間讓人臣服的嗓音。

「不要道歉。過度的道歉，只會讓這種行為變得廉價。」

或許是這樣沒錯。可是，美世實在沒有自信能改掉動不動就道歉的習慣。

「……我吃飽了。」

清霞放下筷子。不知何時，他已經吃完了晚餐。

不同於清秀美麗的外表，他是個散發著冰冷氣質的可怕人物。之所以會出現那些說他冷酷無情、能輕易抽刀砍殺他人的傳聞，恐怕也不是不能理解。

然而，清霞舉手投足的每個動作都相當優雅，實在很難想像他是習武之人。明明身為男性，卻透露出一種宛如深閨大小姐那般柔弱的美感。

是因為他如同由里江所說，其實是個溫柔的人的緣故嗎？

「那……那個，您要洗澡的話，我馬上——」

正打算說「我馬上去燒熱水」時，清霞卻搖了搖頭。

「我自己來。」

「可是……」

「我平常也都是自己燒洗澡水。因為這裡的浴室比較特別，除了我以外的人很難使用。」

「特別……？」

「是透過異能來燒水的結構，由里江也沒辦法幫忙。」

這麼說來，美世也聽說過有一種異能就是引火能力。如果透過這種能力，燒洗澡水或許就是輕而易舉的事情了吧。

（這跟我是無緣的東西呢。）

儘管父母雙方都擁有異能，但自己卻連見鬼之才都沒有。

真要說的話，這樣的她，根本不配成為貴為帝國軍人、同時又擁有異能的久堂家當家清霞之妻。

「妳怎麼了？」

「沒……沒什麼……」

清霞恐怕不知道美世沒有異能一事。

對於過去造訪家中的那些未婚妻人選，他不曾表現出太大的興趣；得知美世是齋森家的女兒時，他或許也以為美世應該擁有異能或見鬼之才吧。

（果然……還是放棄這門婚事比較好吧。）

她配不上。齋森美世配不上久堂家當家之妻這樣的身分。

像自己這樣的人，還是早點被趕出去比較好。

適合成為他的妻子的人，是像香耶那樣擁有一切的女性。

之後，美世忙著在廚房收拾時，洗完澡、換上輕便居家服的清霞出現在她面前。

好奇他是否有什麼事要吩咐時，清霞提出明天希望美世替他做早餐的要求。

「……抱歉，今天早上沒吃早餐，就這樣出門了。妳明天再幫我做吧。」

或許是因為剛洗完澡，身心也因此放鬆許多吧，現在的清霞少了白天那種令人敬畏三分的氣質。跟美世說話時，彷彿因為有些難以啟齒而皺眉的表情，也讓清霞看起來更有年輕人的感覺，讓美世覺得很新鮮。

雖然差點反射性地答應，但美世可沒忘記她今天早上讓清霞感到不快的原因。

「我……我完全沒問題，但是……」

「噢，當然，要是妳真的下毒，我可不會放過妳。」

「萬萬不敢！」

美世連忙拚命搖頭否定。

她沒有受過這方面的特別訓練，也不可能會有人命令她這樣的人暗殺久堂家當家。父親要是真心想暗殺清霞，絕對會指派能力更優秀的殺手負責。

更何況，父親、繼母和香耶也一口咬定美世馬上會被趕出來。

「那就沒問題了吧。」

又補上一句「交給妳了」之後，清霞便離開了。不知道是不是錯覺，但美世覺得他的表情看起來似乎輕鬆了一些。

「好……好的……」

她只能愣在原地，以茫然的語氣這麼回應。

溫暖的陽光，照亮了散發著和樂氛圍的屋子。可聽見鳥囀聲的這幢美麗房舍，是為了自己以外的人而存在的樂園。

『太棒了，香耶，妳有見鬼之才啊，香乃子，謝謝妳生下這樣的女兒。』

那是父親的聲音。

美世對這樣的情境有印象。那是比昨天的夢更久遠以前的事情，得知香耶擁有見鬼之才那時的記憶。

又是夢嗎——美世這麼想著。

『那當然嘍，她可是我的女兒呢。』

繼母引以為傲的表情、滿足地點點頭的父親、以及繼妹開心的笑聲。

那看起來是極為自然、也相當幸福的一家人的樣子。

那裡頭沒有美世的位子，因為美世跟他們不是一家人。

從淪為傭人以前，她就只是獨自站在遠處眺望。眺望那無論自己再怎麼努力，都得不到的溫暖家庭的光景。

『聽說香耶大小姐已經展現出見鬼之才的能力了。』

『好厲害呀，她不是才三歲嗎？』

『跟她相比的話，美世大小姐就……』

『她好像已經不可能擁有能力了呢。』

『明明雙親都是擁有異能的人物……』

『看來她是沒有才能了。真可憐呢～』

這些議論聲不斷在美世的腦內迴盪，令她感到暈眩。

她的歸屬之處、以及她自身的價值，都在慢慢消逝。連美世都感覺得到，宅邸裡的氣氛開始慢慢向著香耶，她遭受的對待也愈來愈隨便。

仔細想想，香耶也是從這陣子開始擺出鄙視美世的態度。

這是一段令人厭惡的回憶。被當成傭人對待後，美世因為肉體無法習慣傭人的生活，而過得相當辛苦；但夢中的這段時光，則是讓她的內心倍感煎熬。當時仍年幼的美世，一顆心可說是傷痕累累。

『我是沒人要的孩子呢。』

至今，她仍記得自己這麼輕喃的那一天。

沒有異能、甚至連見鬼之才都沒有，也沒有其他值得自豪的地方。這樣的自己，是不被齋森家需要的存在——當年還不滿十歲的她領悟了這一點。

一臉泫然欲泣的花姨，不捨地表示美世明明還是想跟父母撒嬌的年紀。

不知道花姨現在身在何處、又在做些什麼？被關進倉庫裡的那天，花姨被繼母解雇了，之後美世便沒再見過她。

那時的花姨還很年輕。要是她已經找到一個理想對象結婚，過著幸福的日子就好了

——美世這麼想著。

醒來的瞬間，斗大的淚珠再次從眼眶溢出。

連續兩晚都做惡夢，自己的運氣也真不好。

這會是什麼警告嗎？要她即使離開了齋森家，也不能忘記自己毫無價值的事實。

（我明白的。）

美世很清楚自己是多麼平凡、又多麼一無是處的人類。

「要是沒出生在那個家就好了」這樣的想法，她不知道湧現過多少次。她渴望出生在一個溫暖的家庭之中，即使那是個平凡無比、甚至生活稍微困苦的家庭也無所謂。

（不能讓花姨看到這個樣子的我。）

因為花姨相當疼愛美世，看到這樣的她，想必會很難過吧。

美世靜靜地起床，將棉被折好後，褪下當成居家服的浴衣，換上白天的衣物。

這時，她發現有一件和服破了。那是一件外觀極為普通的藍色棉質和服，已經穿得很舊了。

（這件和服恐怕已經不堪使用了呢。）

背後的縫線處迸開了。或許是縫線因為某種原因斷掉、鬆脫，導致衣服裂開一個洞。

因為同一個地方已經修補過好幾次，縫衣針三番兩次穿過的部分，布料質地變得很薄，可能已經無法再縫起來了。另外，還有好幾處感覺快要裂開的地方。

印象中，這件和服是齋森家的一名傭人，因為自己不再穿著而轉送給美世的二手衣物。收下它的時候，衣況就已經相當老舊了，所以或許也是沒辦法的事。

不過，美世手邊的衣物原本就不多了，要是每一件都像這樣慢慢變得破爛不堪，最後她可能落得沒有半件衣服穿的窘境。離開齋森家時父親給她的那件和服雖然還很新，但那是外出服，所以不能弄髒，而且拿來當平日穿著的衣服，也顯得太豪華了一點。

至少，就穿到真的沒辦法修補的程度吧——美世這麼想著，一邊思考跟由里江借裁縫工具的可能性，一邊換上白天穿的衣物，然後走出房間。

在跟昨天同樣的時刻來到廚房時，她發現由里江已經出現在裡頭。

「哎呀，美世大人，您早。」

「……早安，由里江太太。」

她為什麼比昨天早來呢？

或許是這樣的疑問全寫在臉上了吧，由里江朝美世露出笑容，然後這麼說明。

「昨天早上發生過那樣的事情，讓我有些在意，所以就提早過來了……今天準備早

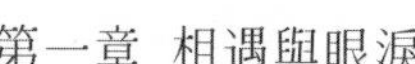

餐的工作，您打算怎麼辦呢？」

「啊……關於這件事……」

如果有由里江在旁邊看著，就能請她證明美世並沒有在飯菜裡下毒。這樣一來，清霞也會願意吃吧。

不過，也沒有必要這麼做了。美世回想起昨晚的事，將以後由自己負責準備早餐一事告訴了由里江。

「哎呀呀，少爺也真是的。如果這麼想品嘗您親手做的餐點，直接說出來不就好了嗎？」

「……不，我想應該不是這樣的……」

「呵呵呵。那麼，美世大人，請讓我也一起幫忙吧。」

「好……好的，麻煩您了。」

今天的早餐菜色，是煎厚片油豆腐、高湯煎蛋卷、日式炒牛蒡、以及芝麻涼拌葉菜。另外還有白飯和味噌湯。

這些同樣都是會出現在齋森家餐桌上的菜色，不過，由里江的做法跟美世娘家的廚師不太一樣。

由里江不太講究食材的切法，也不會過度神經質地在意厚片油豆腐或煎蛋卷煎出來的顏色。加調味料時幾乎全憑目測。另外，諸如餐具花紋、擺盤訣竅、排列一盤盤菜色的方式等……由里江對這些都沒有特別的堅持。

她所準備的，或許就是所謂的家庭料理吧。廚師所做出來的餐點，水準全都高得沒話說。這是優點，也是缺點。因為外行人想有樣學樣的話，得花上相當多的心力。

美世懂的烹飪技巧並不多，所以，就算只是在一旁看著由里江下廚，也能讓她學到很多。

先把日式炒牛蒡要用的牛蒡和紅蘿蔔切成細絲，然後燒一鍋熱水，把葉菜放進去氽燙。以高湯、醬油和砂糖來替高湯煎蛋卷調味，再把由里江以自製的木棉豆腐油炸而成的厚片油豆腐放進鍋中，煎到呈現金黃色微焦的程度。

「美世大人，您好早起呢。」

「是。因為我在娘家一直都很早起……」

由里江以「哎呀，原來是這樣」回應，並讚許地點點頭。

「那個……由里江太太。」

「什麼事？」

「請問這個家裡有沒有裁縫工具呢？」

「噢，有的。您要用的話，我晚點拿到您房裡。」

「謝謝您。」

美世暗自鬆了一口氣。因為對出身名門的貴族女性來說，裁縫算是日常生活的技能之一，所以由里江似乎沒有起疑。

——不過，真正的名門千金，也不至於陷入沒有自己的裁縫工具可用的窘境就是了。

兩人一邊閒聊，一邊俐落地準備早餐。厚片油豆腐的焦香味，以及日式炒牛蒡鹹鹹甜甜、令人食指大動的香氣。早餐在這樣的香味籠罩下完成。

美世像昨天那樣，將熱騰騰的飯菜裝進碗盤裡，再將這些碗盤並排在用膳桌上，然後捧著走向起居室。這時，清霞剛好也出現了。

「早安，老爺。」

「早。」

面對已經換穿工作用制服、亦即軍裝的清霞，美世再次變得緊張起來。每次目睹這名美麗未婚夫的身影，都讓她失去自信。就算只是一段暫時的關係，但想到自己是擁有這般美貌的男性的未婚妻，美世便覺得她實在是不知天高地厚。

兩人在不算寬敞的起居室裡面對面坐下來。雖然美世打算若無其事地將自己的用膳桌放在角落，但因為畏懼清霞投射過來的視線，在不得已的情況下，她只好在他的對面坐下。

「那麼，我們開動吧。」

「好……好的……」

看到美世嘴上這麼回應，但卻沒有要拿起筷子的打算，清霞以詫異的表情望向她。

「妳也要吃。」

「是……是。非常抱……不，我……我開動了。」

美世有些手足無措地拿起筷子，和清霞幾乎在同一時間將飯菜送進口中。

滋味嘗起來很普通。嘴巴想必已經被養刁的清霞，恐怕會覺得不好吃吧。

看著他優雅地夾起小菜品嘗，又喝了一口味噌湯，不知道接下來會聽到什麼數落的美世，不禁全身緊繃起來。

「……很好吃。」

「！」

「調味雖然跟由里江不太一樣，但還算不錯。」

平淡又普通的語氣。這或許是清霞發自內心的感想吧。

最重要的是——

『很好吃。』

光是這句話，就讓美世覺得自己先前一個人埋頭嘗試、從錯誤中學習烹飪技巧的時間，一切都值得了。

她已經有多少年不曾像這樣被人誇獎、認可了呢？

美世感覺有股情緒從心中湧現。

「非……非常感謝您。」

她的嗓音顫抖著。

「……妳為什麼要哭？」

斗大的淚珠不停從眼角滑落，連美世都渾然不覺自己落淚的反應。

片刻後，美世終於不再流淚了。儘管沒有交談，但清霞和她共度了一段平靜的早餐時光後，便暫時返回自己的房間。

他回想起用餐時間的光景。

美世宛如黑曜石、同時又像玻璃彈珠那樣空洞的雙眼，因為濕潤而透出光芒。不知為何，這一幕牢牢烙印在他的腦中。

一開始，他原本以為對方不喜歡自己的稱讚，並因此感到困惑。

或許是拿美世來跟由里江比較的說法傷害了她——清霞不禁有些痛恨起自己不擅言詞的個性。

不過，說這頓飯菜很好吃，無疑是他發自內心的感想。

美世準備的飯菜，跟清霞熟悉的由里江的調味有些不同，不過，卻也是馬上能讓味蕾習慣的滋味，這點讓他著實感到佩服。因此，清霞坦率道出自己最真實的感想，沒想到卻讓美世哭了出來。

他完全沒有安慰過女性的經驗。正當清霞暗自手足無措的時候——

「非……非……非常……抱……抱歉……」

美世斷斷續續地道出幾乎可以說是她的口頭禪的這句賠罪台詞。

「……都叫妳不要道歉了……」

看到她哭著向自己賠罪，反而讓清霞更不知道該怎麼辦。

過去造訪這個家的女性裡頭，曾有人因為自己的任性要求得不到回應，就開始亂發脾氣、或是激動哭喊。面對這種貨色，就算捨棄她們，清霞也不會有任何感覺。

然而，剛才的他卻只覺得焦急不已。

「……非……非常抱歉，我一時情緒失控了。那……那個，我……我是因為太開

心，所以眼淚才……」

逐漸冷靜下來之後，美世以有些難為情的語氣這麼向清霞解釋。聽到她的說法，清霞不禁皺起眉頭。

在那之後，美世又斷斷續續地表示這是第一次有人稱讚自己做的飯菜。不過，清霞總覺得這不是讓她哭出來的真正理由。

他摸不清她的背景。

名為齋森美世的這名女子，究竟是在什麼樣的環境下成長至今？身邊的成年人如何對待她、又讓她接受了什麼樣的教育？這類背景條件，在和他人接觸過後，基本上多少可以看出一二，但清霞卻完全看不透美世。

不對。說得正確點，應該是美世跟清霞認知中的名門千金的形象差距過大，讓他完全無法想像她的出身背景。

清霞閉上雙眼，一邊試著將美世流淚的面容從腦中揮去，一邊整理好身上這襲軍裝的衣領。

「由里江。要是我這樣的判斷有問題，跟我說一聲。我總覺得——」

他對著前來幫忙做出門準備的由里江這麼開口。

「她或許……沒有被當成一般的名門千金養育長大？」

從昨天就一直存在的異樣感。

清霞也想過，美世或許是為了坐上久堂家當家之妻的寶座，而讓自己扮演成一個謙卑的姑娘。不過，剛才的眼淚，讓他可以做出某種程度的斷言。

美世落淚的反應，不可能是演出來的。

她是真的為了清霞一句無心的話而流下眼淚。

「是的、是的。就是說呀。」

由里江以誠懇的表情不停點頭。看來，她似乎也察覺到了什麼。

「問她緣由的話，你覺得她會回答嗎？」

「這恐怕很困難呢。」

以「妳之前在娘家過著什麼樣的生活？」質問美世，是一件很簡單的事。不過，從她至今的態度看來，她恐怕不會積極透露跟自己相關的事情吧。

「由里江。」

「是，什麼事呢？」

「妳盡量多注意她的言行舉止，我也會試著從外部調查齋森家。」

無論如何，他不可能在這種一無所知的狀況下和美世結婚。不管最後選擇維持婚約、或是解除婚約，趁早進行相關調查，都不是壞事。

隨即點頭表示理解後，由里江突然帶著一臉有些壞心的笑容抬頭仰望清霞。

「我明白了。不過，少爺，這是我第一次看到您對自己的未婚妻這麼感興趣呢。」

「……別說了。我也知道。」

清霞承認，至今為止，在彼此見過面的未婚妻候補人選之中，美世是最讓他感興趣的一個。

在進行自我介紹後，即使清霞完全對她不理不睬，美世仍在原地低垂著頭，直到清霞出聲要她抬起頭為止。這樣的名門千金，清霞可是從來不曾見聞過。

現在這種時代，就算是傭人之流，若不是在規定特別嚴格的家中工作，也不至於畢恭畢敬到這種程度。

「您不用感到害羞呀。」

「我沒有在害羞，而且，我想更了解她的原因，也不是妳所想的那樣。」

「哎呀呀，您要是一直這樣，會一輩子單身喲。」

「……」

原本想以「妳這麼說真失禮」回應，但眾多女性為了締結婚約前來、卻又接二連三逃離這個家的回憶，在清霞的腦中一一浮現。

對於那些任性哭鬧或發脾氣、待不到三天就離開的千金大小姐們，清霞沒有任何不捨的感情；然而，若是問到自己能接受的究竟是什麼樣的對象，他其實也說不上來。

至少，他確定不想跟像自己母親那種典型的千金大小姐結婚。

「我覺得美世大人很適合當少爺的妻子喲。」

「是嗎？」

「嗯，就是呀。」

「妳的語氣還真篤定啊。」

美世來到這個家也才三天。在這短短的幾天內，由里江似乎就已經相當中意她。

「總之，拜託妳了。」

「請交給我吧，我會好好跟她說少爺的優點。」

「妳別做多餘的事啦。」

雖然仍有一絲不安，但也沒辦法。反正由里江很少會把事情搞砸……應該吧。

在帝國中心從西邊的舊都遷移到東邊的帝都後，轉眼便過了幾十年的時光。

光是為政府工作的公家、由過去的武士士族組成的武家、或是因立下功績而晉升為華族（註2）的家系，數量就已經多到令人眼花撩亂的程度。如果再加上雖然沒有爵位，但因為經商成功或優秀的藝術才能，而一躍進入上流階級的人物，為數就更多了。

即使是自幼便接受嚴格教育長大的清霞，也無法記住所有的貴族名門。

因為和久堂家同為異能家系，清霞知道齋森家當家的名字、以及齋森家大致上的現狀，但也僅限於此。或許有必要進行更深入的調查。

（但願不會查出什麼棘手的真相。）

異能家系原本已經為數不多了，他可不希望再引發什麼麻煩的事態——清霞不禁嘆了一口氣。

兩名中年男子在齋森家的宅邸裡面對面進行會晤。

這次算是個人的私下會面，所以兩人都只做輕便的和服打扮，但室內的氣氛顯得有些緊繃。

其中一名男子，是辰石幸次的父親——辰石家當家辰石實。面容看起來有些神經質的他，帶著不悅的表情，以「這跟之前講好的不同」指責另一名男子——齋森真一。

「你說之前講好的，是指什麼？」

註2：日本明治維新後～《日本國憲法》頒布前這段時期的貴族階級。

即使已經大致明白對方的意思，真一仍選擇裝傻，而且毫不掩飾自己其實心知肚明的事實。由不具任何特徵的五官組成、讓人不易留下印象的那張面容，此刻顯得愈發令人不快。實的心情變得更惡劣了。

「你很清楚我要說什麼吧。你為什麼把美世嫁到久堂家去？我明明拜託你把她嫁給我家長男了。」

「噢，原來是這件事。」

真一聳聳肩，彷彿這是沒必要如此堅持的一件事。

的確，代代承襲異能的家系雖然不多，但舊都仍存在著幾個。其中，適合成為辰石家下一任當家之妻的女性應該多的是，沒有必要特地迎娶一個連見鬼之才都沒有的女性。然而，實際上並不是這麼一回事。

「辰石和久堂。要從這兩者之中擇一的話，當然會選久堂。這還用說嗎？」

無論是家系位階、或是其他方面的條件，久堂家都遠遠在辰石家之上。

真一也不覺得那孩子能真的在久堂家待下去，不過，要是因為某些因緣際會，讓這門婚事順利進行的話，齋森家就能跟久堂家牽上線。原本就不對美世懷抱半點期待的真一，對於婚事最後會不會結成，其實都不在意。既然這樣，要選擇的話，當然還是選條件更好的久堂家。

實已經跟齋森家維持了很長一段時間的往來。因此，身為當家的真一打的如意算盤，他也早就看出來了。

只是，面對這般愚昧的行為，他實在無法悶不吭聲。

「美世可是那個薄刃家的女人生的女兒，你竟然把她……」

「但她沒能繼承薄刃家的異能。」

面對忿忿不平的實，真一一臉坦然地這麼回應，完全不見愧疚之情。

在五歲前展現出見鬼之才——這是判斷一個人能否成為異能者的分歧點。因為，只有擁有見鬼之才的人，日後才可能成長為異能者。

也就是說，已經年滿十九歲，卻沒能承襲任何能力的美世，就只是個瑕疵品。是沒有資格自稱為異能者一族的。表面上是如此。

「就算這樣，美世生下來的孩子，也有可能承襲薄刃的力量。」

「你就這麼想要薄刃的力量嗎？」

「那可是能夠干涉人心的力量，說不想要才是騙人的吧！更何況，要是久堂家的勢力繼續壯大，我們的立場也會跟著變得危險。」

「那麼，等到美世被久堂家拋棄的那天，你們再把她迎娶過去就好了。反正她不可能順利在那個家待下去。能被你們撿回去的話，她八成也會喜極而泣吧。」

實不禁輕輕咂嘴。

早已在承襲異能的家系當中爬上頂點的久堂家，不會刻意想吸收薄刃家的力量。而且，總是馬上把自己的婚約者趕出家門的久堂清霞，不可能會選擇沒有值得一提的長處的美世，所以，真一的預言有很高的機會實現。

真令人不快。這個男人過分重視次女香耶，而誤判了美世真正的價值。

美世好比會產下金蛋的母雞。刻意放棄這樣的女兒，這個男人腦袋根本不正常。因為他，真又得花更多功夫了。

「那麼，我可以當作齋森家今後不會再過問美世受到的待遇嗎？」

「嗯。我等於已經拋棄了這個女兒。今後，無論她是生是死、在哪裡做些什麼，我都不感興趣。」

「是嗎，我知道了。」

豈能讓久堂家奪走她呢——實在內心暗自發誓。

會得到齋森美世的是辰石家。他絕對不允許別人從旁搶奪。

第二章　第一次的約會

『美世大人，您在裡頭嗎？』

「是的。」

聽到來自和紙拉門外頭的呼喚聲，美世拉開門，發現捧著木製針線盒的由里江站在外頭。

「我替您拿裁縫工具過來了。」

「謝謝您。」

那是個很美的木製針線盒。因為看起來很高貴，美世不禁為自己是否真的能使用這個東西而感到不安。

老實道出自己的疑慮後，由里江呵呵地笑出來。

「當然可以嘍。啊，不過，如果您想用全新品的話，我就再去幫您準備。」

「不！怎麼會呢。」

真要說的話，應該是兩袖清風地來到這個家的美世不好。像裁縫工具這種東西，也應該自己準備才對。

待在齋森家的時候，她都是使用和其他傭人共用的裁縫工具，所以不小心忽略了這一點。

這樣身無分文的自己，讓美世困窘到想哭。

接過針線盒之後，她想起有一件非得問問由里江不可的事情。

「那個，由里江太太……」

「什麼事？」

「請問……老爺有沒有為了今天早上的事情動怒？」

「動怒？您說少爺嗎？」

「是的。」

自己突然哭出來的行為，想必讓清霞留下了不愉快的經驗。

回想起這件事，讓美世覺得沮喪又難為情，忍不住垂下頭來。

倘若是繼妹那樣貌美的女性哭泣，男性想必會樂於開口安慰、或是將她擁入懷中，但美世就不一樣了，她哭泣的模樣，想必醜陋到讓人無法直視吧。

為了清霞著想，她或許還是早點被趕出這個家比較好。讓他目睹到如此令人不適的光景，美世實在覺得很愧疚。

原本是基於這樣的想法提問的，但由里江卻吃驚地圓瞪雙眼，以「怎麼會呢！」回答她。

「完全沒有這種事喲。」

「可是……」

從過去到現在，每個人都說美世是令人不快的存在。愈是掉眼淚，愈會讓他人垮下臉嫌她醜陋、嫌她不像樣。不知不覺中，除了作夢時無意識地流下眼淚以外，她幾乎已經忘了如何哭泣。

要是每天早上都如此失態，比起被趕出去，她反而更想自己先逃離這個家。

「美世大人，哭泣並非一件壞事喲。」

由里江以溫柔的語氣開口。

「要是忍著不流淚、淨是把這樣的心情往肚裡吞，反而更不好呢。」

「……是……這樣嗎？」

「是呀。所以，要是眼淚自然流淌出來，就放任它繼續流吧。少爺不會因為這點事情就生氣的。」

真的是這樣嗎？不，既然由里江這麼說，應該就是了吧。

美世心中仍感到困惑不已。她沒辦法馬上照著由里江說的那樣做，而且，太放縱自己的話，只會讓美世更害怕回到先前那種生活。

因為畏懼父親的權威，所以美世無法主動向這個家的人坦承自己沒有異能、甚至連見鬼之才都沒有的事實。要是被清霞知道了，她離開這裡的那一天就會跟著到來。

可不能會錯意了。在這裡的生活，不過是暫時的罷了。

就算無法阻止自己冰冷的心慢慢被溫暖、被融化也一樣。

「那麼，我要先回廚房去了。要是有缺什麼東西，請您再告訴我一聲。」

「啊……您是要準備午餐嗎？這樣的話，那我也一起──」

「不不，請您就留在房間裡吧。等到午餐做好了，我會再通知您的。」

以四兩撥千斤的方式巧妙婉拒了美世的堅持後，由里江便離開了。

（……我明明應該把自己的事情放在後頭的呀。）

這樣的話，總覺得自己彷彿真的只是隻米蟲了。

儘管有些沮喪，但這是由里江好意為她安排的自由時間。美世選擇翻出裂開的和服，然後拿起針線。

開始專心縫補衣物的她，對於從拉門縫隙觀察房裡情況的視線渾然不覺。

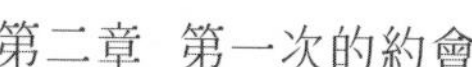

在美世來到久堂家過了十天左右的某個夜晚。

「妳白天都在做些什麼？光是做家事的話，應該還會有一些閒暇時光吧？」

吃晚餐時，清霞突然這麼問道。

最近，美世終於開始習慣這個家了。

雖然跟清霞之間的對話不多，不過，每天和他一起共進早餐與晚餐的時光，她變得能以平常心應對。

看在他人眼中，這或許算不上什麼了不起的事情，但對美世來說，跟清霞這般地位崇高的男性一起用餐，是需要極大勇氣的一件大事。可說是一道必須花時間攀越的高牆。

另一方面，清霞不在家的白天，則是一段平靜祥和的時光。

因為這個家規模不大，打掃和洗衣服的工作，基本上在接近中午的時段就能全數告一段落。早一點的話，甚至可以在上午完成。食材的話有業者會直接登門販售，所以也不用外出購物，下午都是美世的自由時間。

由里江大概會在傍晚六點前離開，在那之後的時段，就剩美世一個人在家。

「呃，我會跟由里江太太借雜誌……來看。」

美世只道出一半的事實。

其實，她也會把時間拿來縫補衣物。但要是被清霞問到在縫什麼，她會很難回答，所以才選擇這麼做。

如果回答她在縫補已經裂開、或是感覺快破掉的衣物，清霞或許會以為美世在暗示自己買新衣服給她。她不喜歡這樣。

美世希望盡可能避免讓清霞或由里江討厭自己。因此，她努力想表現得誠實誠懇。然而，她怎麼也無法針對娘家或自己的——至今那些生活，做出像是告狀一樣的行為，所以，最後也只能選擇隱瞞。即使知道自己的想法很矛盾，她也無可奈何。

不知道清霞怎麼看待她垂下頭的反應？以簡短的「是嗎」回應後，他便不再開口。

接著，在晚餐時間差不多告一段落的時候。

「其實，下次的休假日，我想出門一趟。」

「是。」

怎麼突然說這個？總之，美世出聲答應。

「來到這個家之後，妳就不曾去過市區吧？」

「是的。」

「……妳不會想去嗎？」

（咦……）

就算突然問美世想不想去市區，她也說不上來。

甚至沒有機會去女校念書的她，在小學畢業後，便幾乎不曾踏出齋森家宅邸的範圍一步。

一開始，她還很懷念市區的喧囂和過去自由的生活，並因此感到悲傷難過。

但現在的美世，只覺得自己身上沒有能隨意花用的資金，就算上街去，也沒有太大意義。從娘家過來這裡的路上，她也只覺得滿懷空虛。她早已不是會為了街上的熱鬧氛圍而感到亢奮的年紀了。

「那個……我……不能……去。」

「為何？」

「我沒有要去市區辦什麼事情，而且，跟老爺同行，我怕會給您添麻煩——」

清霞嘆了一口氣。

「這麼做並不會給我添麻煩，而且，就算沒有要去市區辦事，還是可以去吧。只要跟在我身旁就行了。」

「可……可是，這樣會不會打擾到您……」

「完全不會。妳穿來這裡那天的那套服裝就可以，還有其他顧慮嗎？」

既然清霞都這麼說了，美世實在無法拒絕。

「沒有……」

「那就這麼做吧。我吃飽了。」

語畢，清霞便起身，捧起用膳桌走向廚房。不知道是不是美世多心了，他的表情看起來有幾分僵硬。

（我是不是又讓老爺感到無言了呢……）

美世沮喪地垂下頭，難得對方都體貼地邀請自己了啊。

她討厭態度這樣拖泥帶水的自己。她想不起來該怎麼好好跟他人相處交流，年幼時的她明明可以做得很好。

（不過，都已經決定要陪老爺出門了。）

為了避免在外發生讓清霞蒙羞、或是感到不快的事情，她得從現在就開始準備才行。

在不安與緊張之中，彷彿有點期待、又彷彿覺得沉重。美世懷抱著這樣的複雜心情，將還沒吃完的晚餐送進口中。

她看見一棵櫻花樹。

在春日暖洋照耀下，佇立於齋森家中庭的一棵櫻花樹。枝頭滿是盛開的粉紅色花朵。

看來這又是一場夢。不過，似乎跟前幾天的連夜惡夢有所不同。

因為，這棵樹早已不在齋森家了。

美世的親生母親——薄刃澄美嫁到齋森家時，這棵已經長到某種程度的櫻花樹，也一起被移植到齋森家。然而，在她過世一年後，櫻花樹開始衰弱，終至枯死。

只有在美世還被當成齋森家的女兒養育照料的時期，才能看到這棵櫻花樹盛開的模樣。所以，這場夢應該不是惡夢。

而且，前幾晚的惡夢，都像是重新體驗自己的痛苦記憶那樣的夢境；但今晚在夢中呈現出來的這片光景，她卻沒有印象。不過，那棵樹在美世三、四歲時就枯死了，所以就算她不記得，或許也很正常。

茫然眺望著這片景色時，她發現有人站在那棵櫻花樹下。

美世隨即明白那個人是誰。

（母親……）

一頭豔麗而動人的黑色長髮。身上那襲櫻粉色的和服，據說是她非常珍惜的一套衣物。在被繼母侵占前，那也是被美世當作寶貝珍惜的母親的遺物。

身穿和盛開櫻花相同顏色的和服，纖細又美麗到彷彿下一秒就會消逝的母親，看起來宛如櫻花的精靈。

儘管幼年時期的記憶早已模糊不清，只剩下一個大概的輪廓，美世仍能斷言站在那裡的女性就是她的母親。

不過，現在的她，已經成長到和那名女性差不多的年紀了。面對面稱呼一名年齡相仿的女性為母親，感覺十分奇妙。

「——」

母親動了動小巧的唇瓣。她的視線望向美世所在的方向，看起來像是在對她說些什麼。但因為距離太遠，她聽不見母親的聲音。

「咦……？」

「——」

儘管試著走向母親，美世卻怎麼也無法和她拉近距離，也依舊聽不見她的聲音。

「母親……」

「——」

「您在說什麼？」

母親看起來像是不斷重複著某句話，但美世完全聽不到她的聲音。

就在這時——

「……！」

一陣強風突然颳來。美世的頭髮和四周的櫻花花瓣被一口氣掀起，遮蔽了她的視野。她連忙閉上雙眼。

『請……請您……請您等等，真一大人！』

在腦中響起的這個激動呼喚的嗓音，或許來自母親吧。

美世不明白為什麼。雖然不明白，但她知道這是過去實際發生過的事情。

『不是的！』

『什麼東西不是，澄美？』

父親的嗓音也跟著傳來。

『美世……美世她……』

『她沒有異能。除此以外，還有值得一提的嗎？』

打從出生之後，她未曾表現出能夠看見異形的跡象，不是嗎——父親以相當不滿的語氣這麼冷冷表示。

美世稍有聽聞過，據說擁有見鬼之才的人，似乎在襁褓時期就能夠看見人外之物。

不過，這段時期的能力還不穩定，並不是一直都能夠清晰完整地看見異形。到了五歲後，見鬼之才就會趨於穩定，讓能力持有者維持總是能看見異形的狀態。直到這時候，才會被認定為是「展現出見鬼之才」之人。

相反的，倘若隨著年紀增長，而變得愈來愈看不到異形，就會被認定為「沒有見鬼之才」。

幼童比較容易看見異形。因此，倘若在襁褓時期的嬰幼兒不曾表現出類似看到異形的反應，這個孩子擁有見鬼之才的可能性就會大幅降低。

雖然有例外，但數量十分稀少。在孩子出生經過一段時間後，倘若發現他未曾表現出類似看到異形的反應，有九成的父母就會判斷這個孩子沒有見鬼之才，而不再對他懷抱期望。

也就是說，當母親還在世的時候，美世就已經差不多被父親打入冷宮了。

『請您……請您不要拋棄這個孩子。』

『……倘若我不是齋森家的當家，而是來自一個跟異能毫無關係的家系，或許就能愛這個孩子了吧。』

父親的嗓音十分冰冷。雖然聽說他以前對美世很溫柔，但那並不是父愛，只是面對稚嫩孩童時的表現出來的慈善。

——被迫和深愛的人分開，踏進一段非自身所願的婚姻關係，生下來的女兒還是無

能也無才的凡人。這樣的父親所感受到的絕望，美世其實也不是不能理解。

父親離去後，母親獨自留在原地，以泫然欲泣的嗓音輕聲開口。

『對不起，美世。原諒我這個沒有用的母親吧……』

想道歉的人是美世才對。因為，沒有半點力量、只會讓他人變得不幸的她，才是那個罪孽深重的人。

『可是，不要緊的喲。等妳再長大一些──』

（咦？）

在腦中迴盪的嗓音突然消失，美世也跟著睜開雙眼。

櫻花樹依舊聳立在眼前，但卻到處都不見母親的身影。

（等我……再長大一些？）

然後呢？母親最後說了什麼？

難道，在那樣的狀況下，她仍期待美世總有一天會展現出見鬼之才？

儘管無法釋懷，美世仍被迫離開了這個美麗的夢境。

炫目的朝陽從和紙拉門外頭灑落，涼爽宜人的風也跟著竄入室內。

美世坐在梳妝台前方，比平常更仔細地梳理自己的頭髮。

用手上那把缺了很多梳齒的廉價梳子梳頭，或許沒有太大的意義；不過，花時間慢慢梳理的話，或許多少會有點效果吧。

花了比昨天多兩倍以上的時間梳理後，她感覺頭髮看起來似乎比平常更有光澤一點。

（母親真的好美呢……）

出現在夢中的母親，那頭烏黑秀麗的長髮真的十分美麗。

（如果好好保養，我的頭髮也能變成那樣嗎……）

美世捻起一撮自己的髮絲，接著嘆氣——雖然很遺憾，但看起來是不可能了。

造訪久堂家時穿著的那襲和自己格格不入的華麗和服，再加上一頭受損的長髮。倒映在鏡中的自己，模樣看起來是如此不協調，讓美世不禁又為跟清霞一同出門一事感到些許憂鬱。

「美世大人，我可以進去嗎？」

「請進。」

踏進房裡的由里江，滿面笑容燦爛到令人不解的程度。

「您很美呢，美世大人。」

「……沒這回事。」

「您有化妝嗎？」

被這麼一問，美世瞬間在原地僵住。

化妝。不用說，這當然是打扮的一部分。但她手邊沒有任何化妝用品。

「呃……呃呃……我……不太擅長化妝……」

「這樣的話，請您交給我負責吧。」

「可……可是，我沒有化妝的……用品……」

看到美世的視線慌張游移的反應，由里江臉上的笑意更深了。

「沒關係的。您看，用品這裡都有喲。」

由里江捧著一個看起來像是裝著化妝用品的箱子這麼說，或許是她打從一開始就準備好的吧。

（她一定已經發現我沒帶什麼行李過來的事實了。）

畢竟這間屋子不算大，會發現也是理所當然的事情。

想到由里江可能已經把這件事告訴清霞，美世不禁難為情到想要消失的程度。

「來，請您轉向我這邊吧。」

由里江無視美世苦惱的反應，俐落地取出各種化妝用品，開始為她上妝。

先擦一層薄薄的蜜粉，然後整理眉形，最後再從幾種口紅中挑選出柔和的紅色系。

「好，完成了。」

由里江這麼說的同時，和紙拉門外頭傳來另一個人聲。

『差不多要出門了。』

「我……我馬上出去！由里江太太，非常謝謝妳。」

「不會不會，請兩位好好玩吧。」

還來不及照鏡子確認妝容，美世便衝出房間。身穿深藍色和服、披著米色羽織外套的清霞站在外頭。

「非……非常抱……不……不對，讓……讓您久等了。」

「不，我沒有等。抱歉，催促妳出門。我們走吧。」

「是。」

今天是跟清霞一起出門的日子。

這天終於到來了——美世鼓起幹勁，跟在清霞後頭邁開步伐。

「請……請問，我們今天要去哪裡呢？」

跟清霞一起坐上轎車後，在前往帝都的路上，美世突然發現自己不知道目的地在哪裡，於是這麼開口詢問。

「噢，我沒跟妳說嗎？首先，要去我上班的地方。」

「咦……？」

（老爺上班的地方？）

清霞是一名軍人。所以，他上班的地方，理所當然就是帝國陸軍本部。

雖然不曾實際見識過，但美世聽說那裡是各類軍事設施的大本營，占地也相當寬廣，看在一般人眼底，是個戒備森嚴又肅穆的場所。

美世完全沒做好造訪那種地方的心理準備，因此緊張得雙手開始打顫。

「噢，不是，別露出那種表情。我們沒有要去軍事本部。」

儘管手握轎車方向盤，清霞似乎仍確實察覺到美世錯愕的反應。他帶著淺淺的苦笑這麼說。

「咦……可是，您是要去上班的地方……對吧？」

「嗯。不過，軍人的職場不見得就會在軍事本部。我們要去的目的地，和帝都中心有一段距離，而且在帝都四處都有設立值勤所。在軍隊之中，對異特務小隊各方面都比較特別一些，所以基地也設置在帝都的其他地方，而不是軍事本部。那座設施規模不算太大，妳不用緊張成這樣也沒關係。」

即使缺乏學識素養，因為出身於齋森家，美世多少也聽說過對異特務小隊的名號。

那是一支幾乎完全由異能者或擁有見鬼之才的少數分子組成的小隊。所以，可以輕易推敲出它的規模並不大的事實。

總之，就算這樣直接過去，應該也不會有什麼問題。美世放心地吐出一口氣。

「而且，我只是為了把這輛車停在那裡，才會跑這一趟，不是什麼大事。應該也不會遇到其他隊員吧。」

「這……這樣呀。」

現在，轎車才剛開始在日本國內普及。能夠即時進行遠距離移動，是這種交通工具的一大優點，不過，就算有資本買下，能停車的地方卻相當有限。想在帝都自由行動的話，就得找地方停泊這輛車。

這麼交談的同時，他們不知不覺抵達了最初的目的地。

站在入口處的守衛，看到清霞從轎車車窗探出頭之後，沒有多說什麼就讓他們通行了。不愧是隊長大人。

（感覺好像小學的校舍呢。）

位於對異特務小隊基地的建築物，採用西式建築的風格，無論是外型或規模大小，都跟美世過去就讀的小學有幾分神似。看起來是能夠自然融入街景的外觀。

不過，就算外觀跟小學的校園很像，出現在訓練場的想當然並不是小孩子，而是身穿軍裝的成年人。

「好了，我們走吧。」

隨意找了個地方停放轎車後，兩人便朝著正門的方向走去。

「咦～隊長？」

片刻後，一個慵懶的嗓音從後方傳來。看到現身的那名年輕軍裝男性，清霞露出一臉打從內心感到很麻煩的表情。

「五道。」

「隊長，今天應該不是你值勤的日子吧？」

「嗯，確實不是。我只是把車子開來這邊停而已。」

「什麼啊～」

被喚作五道的隊員，有著一張給人些許輕佻感的柔和面容。他露出笑容聳聳肩，朝美世的方向瞄了一眼。

美世不禁有些膽怯，因此朝後方退了半步。

「那麼，那邊那位是？」

「是我的同伴。別追問太多。」

清霞冷冷地這麼回應。不過，或許已經習慣他的態度了吧，五道只是「哦～」了一聲，看起來並不在意。

「嗯，也罷。隊長，請你明天要好好來上班喔。」

「那是當然的。你才應該趕快返回自己的崗位吧。照理說，你不可能有時間在這裡摸魚才對。」

「是是是，我知道啦。那再見嘍。」

猶豫了半晌後，美世朝離開的五道輕輕鞠躬致意。

兩人再次邁開步伐後，清霞這麼開口。

「那個男人叫做五道，基本上算是我的心腹。看起來雖然那副德性，但他是一名相當優秀的異能者。」

「噢……」

「雖然我也覺得無可奈何就是了。」

因為那傢伙老是像那樣嘻皮笑臉的——清霞板著臉這麼說。

在五道之後，兩人沒再遇到其他人。從大門朝市街踏出一步後，坐在轎車裡時聽不到的熱鬧喧囂，隨即傳進耳中。

西式和日式風格交錯、看起來雜亂無章的街道。高聳的現代化建築連綿並排，擠滿人的街道散發出快活無比的氛圍。

久違的市區果然帶有一種獨特的氣氛。美世感覺自己比想像中還要興奮。

「妳有什麼想去的地方嗎？」

「咦！」

美世沒料到清霞會徵詢自己的意見，因此吃了一驚。

「妳沒有什麼要買的東西、或是想要的東西嗎？」

「沒……沒有，我……沒有什麼想要的。」

今天，她真的只是懷抱陪同清霞出門的心情而來。已經許久不曾湧現過物欲的她，就算突然被這麼問，一時也想不到答案。

看著美世陷入苦思的表情，清霞的嘴角「呵」地上揚。足以讓人不自覺地看入迷的這個美麗微笑，對一般人來說，等同於危險的烈酒。

「是嗎？那麼，妳就陪著我買東西吧。」

「是。」

現在是剛從春天邁入初夏的季節。這個時期的陽光不會過於強烈，非常適合散步。

打扮得華麗花俏的人們往來穿梭的身影、從一旁疾駛而過的路面電車、五花八門的新奇店鋪和設施。這一切都讓美世感到懷念又新鮮，因此看得目不轉睛。

一旁的清霞以溫和的表情眺望著這樣的她。

「開心嗎？」

「啊……真……真的非常抱歉！我……」

發現自己看街景看得忘我之後，美世不禁難為情地垂下頭。

拋下應該陪伴的主人，只顧著自己一個人入迷地眺望街景，是絕對不能有的行為。

（我大概表現得一副劉姥姥進大觀園的樣子吧。太難為情了，讓人抬不起頭呀……）

自己明明也是一直都住在帝都的人啊。而且，她是不是馬上就讓清霞蒙羞了呢？

「不用在意，妳就盡情欣賞這片景色吧。我不會為此責備妳，任何人都不會。」

「可是……」

真的……真的沒關係嗎？

光是帶著像她這樣的女人走在街上，就已經足夠引來不友善的眼光了。而美世方才的表現，或許又更進一步讓清霞蒙羞。

這麼想的時候，一隻大手輕輕放在她的頭上。

「不用思考會不會給我添麻煩的問題。因為邀請妳一起出門的不是別人，正是我。」

「……」

「知道了嗎？」

「……是。」

清霞的掌心、表情和嗓音，全都溫柔不已——儘管溫柔，卻又透出一種不容反駁的神祕壓力，讓美世只能點點頭。

「不過，東張西望是無所謂，但可別跟丟了。」

「好的，我會注意。」

「很好。」

接著，清霞又刻意放慢步調。明白他是為了自己而這麼做之後，美世幾乎要為他的溫柔掉下眼淚。

這個人哪裡冷酷無情了呢？明明是如此的溫柔啊。

要是自己擁有能夠配得上他的條件，美世一定會選擇永遠跟隨在清霞身邊。

美世忍不住又開始討厭做不到這一點的自己。

「這裡就是我們的目的地。」

清霞在一間大型和服店外停下腳步。從招牌和店鋪整體的氛圍看來，這間店大概會被歸類在「傳統老店」或是「高級店鋪」的類別。

店內鋪著榻榻米地板，和服專用衣架上掛著美麗的振袖和服。針對即將到來的夏天而推出的鮮豔色調的和服布料，整整齊齊地堆放在櫃子裡。

第一次踏入和服店的美世，為店內的景象震懾不已。

「好大的店……」

「這間店叫做『鈴島屋』，久堂家從以前就是這裡的忠實客戶。過去，他們似乎也負責縫製過天皇御用的和服。」

「好……好厲害呀……」

美世緊張到即使聽了清霞的說明，也只能做出這種無趣的回應。同時，她突然強烈在意起自己的穿著打扮。

雖然自己穿的並不是什麼奇裝異服，但踏進這種高檔店鋪，這副模樣會不會太寒酸了呢？

真要說的話，她身上這襲和服的花樣和顏色究竟適不適合自己，恐怕都很難說。這恐怕是父親隨意讓人準備的吧。要定論的話，這襲和服雖然不是廉價的東西，但也不是特別好的東西。

「歡迎您大駕光臨，久堂大人。」

「今天要麻煩妳了。」

看起來大概是店長的一名優雅的中年婦人迎上前來，畢恭畢敬地朝清霞低頭致意。

她散發出一股素雅卻又不失雍容華貴的氣質，感覺是對「美」十分敏銳的女性。

「那麼，針對您事前聯繫時提及的需求，我們挑選了幾件符合您的條件的商品。還請您到後方的房間確認。」

「嗯。」

清霞或許是來買和服的吧，美世猶豫著自己是否該一起跟過去。

呆立在原地半晌後，一名女性店員帶著笑容朝她走近。

「大小姐，請您到這邊來看看店內的商品吧。」

「說……說得也是……老爺，那我就留在這裡等您，順便看看店內的商品……」

戰戰兢兢地開口後，清霞這麼表示：

「就做妳想做的吧。有相中什麼東西再告訴我，回去之前一併買下來。」

語畢，他便往店內深處走去。

（怎麼可以讓老爺買東西給我呢。）

這間店裡頭的商品，光看就知道都是一流的高級品，是無法讓人輕易開口索求的東西。

更何況，無論是昂貴或便宜的物品，要清霞破費買東西給自己，都讓美世感到萬般煎熬。

逛。

深深體會到自己跟這種地方格格不入的美世，在女性店員的陪同下，慢慢在店內閒

「唉……」

踏進位於店鋪深處的和室後，清霞和「鈴島屋」的女性店長──桂子面對面。

這兩人之間──不對，應該說整個房間，都被大量的女性和服專用的美麗布料占滿，看起來宛如一道道色彩繽紛的海浪。

「呵呵呵，久堂家的少爺也終於……是嗎？」

在清霞還是個孩子時，桂子便認識他了。因為要訂製和服時，清霞必定會造訪這間店，所以桂子也知道不少關於他的事情。

例如，清霞不但沒有結婚，甚至連戀人都交不到幾個的過往。

這令人很頭痛。

「不是妳想的那樣……」

「您不需要害臊呀，這可是您第一次帶著女性來我們店裡呢。」

倒也是這樣沒錯。

今天，清霞之所以會造訪這裡，是因為聽了由里江的報告。

『美世大人都會親手縫補自己要穿的陳舊衣物——』

替美世準備裁縫工具後，沒想到她的目的，竟然是為了自行縫補破損的和服。

由里江原本想阻止她，但想到美世可能不希望被別人發現這件事，只好選擇保持沉默。

而清霞本身也有些在意美世平常的穿著。

那是跟偏遠地區的貧困農民所穿的舊衣差不多、甚至還更糟糕的衣物。雖然每件衣物的花樣和顏色都不同，但一律都是破破爛爛的狀態，連清霞看了都感到不捨。

因此，過去就算被未婚妻候補央求買東西給她們，也壓根不想這麼做的清霞，這天才會罕見地來到這間店裡，打算替美世添幾件和服。

這種舉動並沒有什麼特別的意思。

「所以，有適合她的布料嗎？」

看到清霞直接將話題帶開的反應，桂子不禁笑出聲來。

「呵呵。嗯，這個嘛……我覺得那位小姐很適合這邊這種、或是這邊這種淺色的布料喲。」

清霞「唔」一聲點點頭。

如同桂子所說，考量到時節的話，淺色系的和服的確是好選擇。淺藍、淺草綠、藤紫色或許也很不錯。

一邊傾聽桂子的建議、一邊煩惱的時候，清霞不經意抬起視線，一匹布料跟著映入他的眼簾。

「那個是？」

「噢，那款的料子也很好呢。不過，現在用它來訂製和服的話，或許會有些搭不上季節就是了。」

那是一匹十分美麗的櫻粉色的布料。儘管是淺色系，卻又透出一種莫名豔麗的色澤，讓人無法移開目光。

（這個顏色應該很適合她吧。）

清霞忍不住開始想像——然後隨即揮去腦中的影像。

（我到底在做什麼啊……）

買和服給美世，並沒有什麼特別的意思。

擅自在腦中想像美世穿上和服的模樣，絕對是會令她敬而遠之的行為。不對，應該說企圖想像的自己令人唾棄才對。明明都是一把年紀的男人了。

「就用這匹布料做吧。」

「哎呀，可以嗎？」

最後，清霞還是拿起那匹櫻粉色的布料交給桂子。

「無妨。就算今年的季節已經過了，明年春天也還是能穿。另外，再幫我用這邊這些布料做幾套和服吧。不用顧慮預算沒關係。」

「我明白了。」

在桂子的推薦下，清霞又挑了幾款自己也很中意顏色的布料。

「還需要搭配用的腰帶跟配件，可以全都交給妳嗎？」

「好的，沒問題……噢，對了。」

桂子輕拍一下手，捧起一個放在角落的巴掌大的盒子。

「這個您今天就會帶回去對吧？」

接過盒子後，清霞打開蓋子，看到裡頭放著預先讓桂子準備好的東西，於是點了點頭。

「嗯，謝謝，那我就收下了。費用之後跟和服一起結算吧。」

「我明白了……久堂大人。」

「怎麼？」

小心翼翼地將盒子收進懷裡後，清霞望向突然變得一本正經的桂子。

突然瞪大雙眼的她，接下來說了這麼一句話。

「聽好嘍，您絕對不可以放開那位小姐！」

「什麼？」

「要比喻的話，她就像是鑽石的原石呢。無論是頭髮、肌膚、或是臉蛋，都有著無法計量的潛力！只要用心雕琢，她絕對能成為即使站在您身邊，也毫不遜色的美人胚子喲！」

因為從事為人打扮妝點的工作，桂子在這方面似乎有自己的一套堅持。

不過，清霞也並不覺得美世長得不好看就是。

「您今天買下的這些行頭，不過是個起點而已。之後，您得將她放在身邊，用自己的愛情和財力好好雕琢她才行。這樣一來……」

「這樣一來？」

「我就能享受到替美麗的女性盡情打扮的樂趣了呢！」

看來，這才是桂子的真心話。

「唉，真是……愛情什麼的，我都說不是這麼一回事了。」

年齡跟清霞的母親相仿的桂子，現在一雙眼睛因充滿幹勁而閃閃發光，簡直跟一名少女沒兩樣。看著這樣的她，清霞不禁嘆了一口氣。

不過，他的內心同時卻湧現了「這樣也不錯」的奇妙想法。

「下次再麻煩妳了。」

他放棄繼續思考，選擇這麼回應。

從位於深處的和室返回店內時，清霞發現美世目不轉睛地盯著某個東西看。他循著她的視線望去。

是那匹櫻粉色的布料。

店內似乎也展示著類似的東西。

（不過，她的表情……）

她的表情看起來帶著幾分落寞，彷彿是在眺望自己永遠無法入手的東西那樣。

「……母親……」

那是個必須豎耳傾聽，才不會忽略的細微嗓音。看來美世並沒有發現清霞已經走出和室。

猶豫了半晌後，清霞開口。

「妳很在意那匹布料嗎？」

「……！老……老爺！那個……那個，我不是想要這匹布……！」

「……」

「因為家母留給我的遺物裡，有一件顏色和這匹布料很相似的和服……不，那件和服現在已經不在了。我只是……覺得有些懷念而已。」

「是嗎？」

那件和服的下落，感覺也很令人在意。

總之，美世看起來應該不是討厭那種櫻粉色。這讓清霞暗自鬆了一口氣。

「妳還有其他在意的東西嗎？」

「沒……沒有。我現在這樣……就很足夠了。」

美世不會主動要求什麼，總是一直推辭、一直推辭——正因如此，清霞才沒把今天來這間店的目的告訴她。

他可以輕易想像出，在得知真相後，美世因為過度愧疚，而露出一心求死的表情的反應。

現在，他相信自己這樣的判斷沒有錯。

「那我們走吧。」

「是。」

「期待兩位再次大駕光臨。」

在桂子和其他店員深深一鞠躬的恭送下，清霞與美世離開了「鈴島屋」。

「好吃嗎？」

「是……是的。很甜、很好吃。」

離開和服店後，打算找個地方小憩一下、順便吃點東西的清霞和美世，來到了一間甜點店。

雖然清霞要她盡量點，美世仍為了自己該點什麼、甚至該不該點餐的問題，而猶豫了好一陣子。最後，敗給清霞沉默的壓力的她，選擇了價格不會太高、同時也是店家推薦商品的日式餡蜜(註3)。

只是，因為兩人在同一張桌子面對面坐下，所以彼此之間的距離也比以往都要來得近。在這種近距離之下跟清霞相處的緊張感，以及其他客人注意他的視線，全都讓美世在意到食不知味的程度。

（大……大家都在看我們呢……）

走在街上的時候，其實就已經是這樣了。

儘管只是像一般人那樣走著，清霞仍吸引了周遭的目光。

註3：以紅豆泥和黑糖蜜兩種固定配料，搭配水果、寒天或白玉糰子等不同配料的日式甜點。

（這樣的心情……我也能明白……就是了。）

名為久堂清霞的這個人物，是擁有絕世美貌的青年。他有著連女性都自嘆不如的一頭動人長髮，舉手投足的動作也都高雅到沒有半點破綻，總是能吸引眾人注意。就算從遠處眺望，想必也能感受到他散發出來的壓倒性存在感。

這樣的人，不可能不受到矚目。

其中，有些年輕女性甚至會惡狠狠地瞅著美世。

她們或許在想「為什麼這種女孩能跟那麼迷人的男性在一起？」吧。印象中，美世跟由里江借來看的雜誌裡頭連載的愛情小說，也曾出現過類似的場景。

這就是所謂的嫉妒吧。不過，站在美世的立場，她只覺得這是一場天大的誤會。她甚至還想上前向所有的年輕女性一一解釋、賠罪。

她只是陪同這位大人外出的存在而已。她可以發誓，自己跟這位大人之間什麼都沒有。

不然，等到自己被解除婚約後，要她怎麼賠罪都可以。倘若能到處宣揚這樣的主張就好了——這樣的想法，幾乎在美世腦中浮現過上百次。

不過，在看到清霞似乎心情還不錯的表情後，美世的情緒跟著變得平靜，這種無趣的想法也因此煙消雲散。

真要說的話，平常的清霞總是面無表情、或是板著一張臉，所以現在更能感受到他臉上的變化。

但不管怎麼說，現在，美世都像是被讓自己坐立不安的要素團團包圍著，因此實在是如坐針氈。

「但妳臉上的表情看起來不是這樣。」

「沒……沒這回事的。」

紅豆泥、白玉糰子、寒天凍，這可是自己鮮少有機會品嘗到的甜食，沒有不好吃的道理。

（應該是吧……一定是的。）

「……妳真的都不會笑啊。」

清霞語氣平淡的這句輕喃，讓美世心頭一緊。

原來如此。像這樣連開心的表情、或是吃到美味食物的表情，都無法好好表露出來的女人，或許令他感到不快了吧。

「這個……真的非常抱歉。」

「不，我不是在責備妳。只是有點想看妳笑的樣子……或說是對妳的笑容感興趣吧。」

對自己的笑容感興趣？美世不解地微微歪過頭。

「老爺，那個……您的喜好很奇特呢……？」

「……」

「啊！非……非常抱歉！我竟然說出這麼逾矩的……是……是我失言了。真的是萬分抱歉。」

對主人說出「喜好很奇特」這種話，未免也太失禮了。

久違地造訪市區、見識到各式各樣的人事物，讓美世整個人變得有些飄飄然。結果，情緒一直很亢奮的她，便將剛剛那句話脫口而出。真是糟糕透頂。

換作是香耶的話，絕對不會做出這種失敗的行為。雖然老是做讓美世難堪的事情，但她其實是個很懂得做事要領的孩子，絕不可能做出會受到他人指責的言行舉止。

滿懷的愧疚和自卑感，讓美世不自覺地縮起身子。

「我沒有生氣。所以，妳沒必要這樣縮著身子。」

「可是，我……」

「像這樣一起生活下去的話，我們總有一天會結婚。所以，無論是什麼樣的想法，都能好好向彼此說出來的關係，才是更理想的。比起賠罪，聽到妳像剛才那樣坦率道出自己的想法，我反而比較開心。」

這次，美世完全僵在原地了。

（總有一天會結婚……）

清霞想必不知道美世沒有任何異能的事實吧。除此之外，她甚至不具備一般名門千金該有的學歷教養，完全扛不起久堂家當家之妻這樣的頭銜。

就算現在無傷大雅，倘若美世真的嫁給清霞、在上流社會拋頭露面的話，她將再也無法掩飾這些不如人之處。

美世輕輕將湯匙放下。

今天，她從清霞那裡得到了許多東西。

能夠在這種地方開心地喝茶、在熱鬧繁華的市區裡觀光、品嘗眼前的日式餡蜜，都是因為有他。

倘若覺得感激、倘若想為清霞著想，就算會招來他的怨恨，美世應該也要趁現在主動坦承自己無法勝任他的妻子、配不上他的事實才對。

（可是——）

她出現了想望。

美世想盡可能再跟這個人共度一段時光。可以的話，也想成為他的助力。

所以，她現在不想說。當然，她也有這樣的想法極其自私的自覺，儘管如此，她現在仍不想說出口。

剛才，聽到清霞說自己想聽的是她真正的想法，而不是賠罪的台詞，真的讓美世非常、非常地開心。

（之後，無論有什麼樣的懲罰在等著，我都願意接受。所以——）

她希望清霞能原諒這一刻的她。

「我……我明白……了。以後，我會好好……說出來。」

「這樣就好。」

清霞柔和的笑容，竄進美世的胸口，然後緩緩擴散開來。這是她在剛見到他時，所完全無法想像的光景。

讓這樣的幸福時光再持續一陣子之後，再向清霞說出實情吧。美世在心中暗暗這麼發誓。

◇◇◇

清霞刻意什麼都不問。讓美世的表情蒙上一層陰霾的理由，就算不勉強追問，日後必定也能弄個明白。

他佯裝什麼都沒發現，在買單後帶著美世離開甜點店繼續散步。兩人一起逛了書店，還去杜鵑花盛開的公園賞花。

面對當下所見的事物，美世總會表現出感到新鮮好奇的反應。對清霞而言，這樣的她，是個相當有意思的同行者，也讓他覺得這天的行程格外有趣，甚至還湧現了「偶爾這樣度過假日也不錯」的滿足感。

之後，兩人到現今流行的西餐廳用餐，再返回對異特務小隊的值勤所取車返家後，已經是夕陽完全西下的時刻了。

「那個，老爺，今天非常感謝您。」

下車後，美世以仍帶著些許緊張感的嗓音這麼開口。

透過今天一整天的相處，似乎讓她卸下了不少心防。不過，要她用更自然、更輕鬆的態度面對清霞，恐怕還有很長一段路要走。

「我才是。抱歉，感覺是勉強妳配合我的行程。玩得還開心嗎？」

「是的，我真的玩得很開心。」

「那就好，下次再一起出門吧。」

「……好的。」

這時，該不該掏出收在懷裡的那個東西，讓清霞猶豫了幾秒鐘。

（還是算了。）

那是不太適合在今天的這個時間、面對面拿給對方的東西。他可不希望反過來讓美世感受到壓力。

晚上，經過反覆思考後，清霞決定趁美世去洗澡時，悄悄將那個東西放在她的房門外頭。就算她生性再怎麼客氣，看到東西直接放在自己的房門外，大概也只能乖乖收下了吧。

清霞獨自在起居室裡喝茶，等待發現這件事的美世作何反應。

聽到洗完澡的美世走向房間的聲響後，沒過多久，她隨即出現在起居室。

「老……老爺，這是……」

不知是因為泡澡暖和了身子、或是因為慌慌張張地趕過來，身上穿著浴衣的美世臉頰微微泛紅。

「妳就老實收下吧。」

「是您……放在我房間外頭的……嗎？」

美世戰戰兢兢地打開小盒的外蓋，確認裡頭的內容物。

放在裡頭的，是一把梳子。

以黃楊木打造、上頭有著精緻雕花的梳子。從一般老百姓的角度來看的話，這把梳

子確實是價值不菲的高級品，不過，畢竟髮質跟梳子的好壞有很大的關係。

要送禮物給現在的美世的話，清霞判斷這是最適合的東西。當然，是基於實用上的考量。

「天知道。」

問題在於，男人送梳子給女人的行為，等於是在向對方求婚。所以，這並不適合做為送給對方的第一個禮物。

因此，為了避免招致誤會，清霞不得已選擇這種偷偷摸摸的做法。

「我不能收下這麼昂貴的禮物。」

「沒什麼好在意的。」

「可是……」

「別放在心上。」

「呃……所以，是您把這個放在我房間外頭……對嗎……？」

「……」

「老爺？」

「妳……妳別想那麼多，拿去用不就好了嗎？」

持續了幾句沒有意義的問答往來後，清霞朝美世瞄了一眼——然後不禁瞪大雙眼。

「那麼……好的，我明白了。謝謝您，老爺。」

美世露出一個淡淡的、很淺很淺的笑容。

宛如花苞初綻、又像是堅冰溶解那般純淨無瑕的美麗笑容。

「我會很珍惜地使用。」

「就這麼做吧。」

他的嘴唇和嗓音都不自覺顫抖著。

這是什麼樣的感情呢？

是感動？抑或興奮？欣喜？各種情緒混雜其中，讓人難以定之。

真要說的話，或許是「愛戀」吧。

自從跟美世一起外出那天以來，又過了幾天。

儘管早已過了規定的值勤時間，清霞仍獨自待在對異特務小隊值勤所的隊長室裡，盯著某份文件瞧。

這是他日前委託某個值得信賴的情報販子調查而來的資料，今天總算是拿到手了。

——關於齋森美世的調查報告。

清霞委託情報販子盡可能對齋森家內部進行詳細的調查。為此，調查行動花了好一段時間。

就算向齋森家的傭人或是前傭人打聽，他們也一律是三緘其口的態度。

『其實，這算是很常見的事情啦。』

情報販子將兩道眉毛彎成八字狀，搔搔臉頰這麼說。

在親生母親過世後，繼母進駐齋森家，還生下各方面條件都比美世更加優秀的女兒，因此，美世在家中開始遭到鄙視和虐待。

說得簡單點，就是這麼一回事。確實算是很常見的事情。

而且，在代代承襲異能的家系之中，異能者和平庸的凡人所遭受的待遇，可說是天與地的差別。

異能是最重要的。不具異能之人，沒有任何存在意義。幾乎每個異能家系都秉持著這樣的觀點。

從調查報告的內容看來，情報販子打聽到的齋森家內情相當誇張。

『家母留給我的遺物裡，有一件顏色和這匹布料很相似的和服……不，那件和服現在已經不在了。』

清霞回想起美世的這句話。

亡母的遺物被搶走、丟棄時，她是什麼樣的心情呢？虐待自己的繼母和繼妹、無視這一切的父親、只能選擇旁觀的其他傭人。在這些人包圍下，美世一直過著孤獨不已的生活。

怪不得她總是會主動去做煮飯、洗衣、打掃或縫紉等雜務。她是齋森家的女兒，同時卻又不是齋森家的女兒。每天被當成下人使喚的她，甚至連三餐都是有一餐沒一餐的狀態。

她消瘦的身型、破破爛爛的舊衣、以及幾乎忘記如何露出笑容的反應。

全都是因為她的家人。

清霞捏著文件的手不自覺地使力，紙張發出唰唰的摩擦聲而變皺。

那些強迫美世一肩扛起這些委屈的人，讓他燃起了怒火。

不過，清霞自己也對美世說過一些很過分的話。雖說那時的自己還不知道她背後的這些故事，但清霞現在著實感到後悔莫及。

（但這樣一來，我就可以理解了。）

美世沒有異能，連見鬼之才都沒有。因為這樣，她或許認定自己跟清霞的婚約不可能成立。

因此，她總是表現得過度客氣，她或許已經做好某天要離開久堂家的打算了吧。

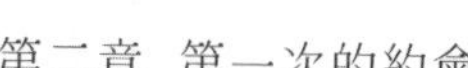

然而，對清霞來說，有沒有異能都已無所謂了。他從過去到現在的婚約對象，也並非每個都是異能者。她們有些是富商的女兒、有些則是政治家的女兒。

替清霞尋找婚約對象的人，是久堂家的上一任當家——亦即他的父親。因此，「只能跟異能者結婚」這樣的家規也不存在。

最重要的在於對方是否願意留下來。不是為了地位或財產而來，願意純粹以妻子的身分待在那個家裡，才是清霞理想中的女性。而美世滿足了這一點。所以，他不打算放棄她。

此外，還有另一件令他在意的事。

美世母親的娘家——是那個薄刃家。

像久堂家或齋森家這種承襲異能的家系，自古以來都是以臣子的身分為天皇效力。為了討伐一般人所看不見的異形，異能是不可或缺的能力。另外，異能也可以運用在維護國家和平、或是平息戰爭上，因此，無論在哪個時代，這種能力都備受重視。

異能分成很多種。憑藉意念來移動物體的能力；在空無一物的地方點火、隨心所欲地操控水或風的能力；在一瞬間移動到遠處的能力；在空中行走的能力；能看到厚重牆壁另一頭的景色的能力……

同時擁有多種上述這些異能的人，在異能者之中並不罕見。

然而，這些異能完全無法和薄刃家的能力相提並論。因為後者的特殊程度和危險性，可說是獨樹一格。

薄刃家代代傳承下來的，清一色都是干涉人心的能力。

操作他人的記憶、潛入他人的夢境、或是看穿他人的想法等，都還算是危險程度較低的能力。其中，甚至還有能抹殺對方的人格、打造出專屬於自己的一具傀儡，或是讓對方產生幻覺，進而精神錯亂的能力。

薄刃家很清楚自家異能的危險性。他們明白，依運用方式而定，這種能力危害國家的可能性，甚至會比任何攻擊型異能都要來得高。

因此，不知從何時開始，他們開始避免在人前嶄露頭角，選擇了靜靜躲起來隱居的生活模式。

他們以獨特的家規限制一族的行動，努力不讓自家的異能情報外洩，也不讓這個血脈分支出去。為了徹底避免這樣的異能遭人利用，他們有時甚至還會回絕天皇的命令。

名為薄刃澄美的女性會嫁到齋森家，可說是例外中的例外，算得上是相當罕見的情況。這門婚事背後的動機究竟為何，讓清霞感到有些在意。

「唉……」

他忍不住嘆了一口氣。

老實說，美世嫁到久堂家，對清霞來說不會造成任何損害。他反而從不曾這麼希望一名女性嫁給自己。

只是，籠罩著薄刃家的神祕色彩，實在有些詭異。即使是久堂家這般有權有勢的存在，想接觸薄刃家，依舊是極度困難的事情。清霞不知道他們的住處在哪裡，甚至連聯絡手段都沒有。就算委託情報販子，想必也只會空手而回吧。

「該怎麼做呢……」

清霞放下文件這麼喃喃自語，但終究沒能想出好方法。

回過神來時，外頭已是夕陽西下的時分。

收拾完東西後，清霞向值夜班的其他隊員打過招呼後，便離開值勤所。

仔細想想，他覺得自己最近似乎都比以前更早下班回家。以往，他經常在值勤所過夜，在夕陽完全西沉前打道回府，可說是很稀有的事情。

但現在，在玄關恭迎自己回家的美世的身影，讓清霞莫名感到放心。因此，他自然而然開始在能和她一起吃晚餐的時間返家。

（真的很不像我……）

從兩人一起出門的那天晚上開始，清霞便不知道該拿自己一反常態的心如何是好。

感覺不久之後，「鈴島屋」的桂子所說的狀態便會成真，讓他覺得很害怕。

他可以想像自己會因為那股讓胸口一緊的反常情感，而湧現想把世上的一切都送給美世的衝動。

其實，清霞並不擅長應付女性。

從年幼時期開始，對他示好的女孩子便源源不絕，讓他覺得很反感。而且，他也非常討厭濃妝豔抹、喜好奢侈揮霍、個性又歇斯底里的母親。

念大學時，因為學長表示這也是人生歷練之一，清霞曾試著和幾名女性交往過，結果反倒只是讓心中的排斥感倍增。最後，他甚至連女傭過濃的脂粉氣味、或是嗲聲嗲氣的嗓音，都感到厭煩不已。

雖然現在的他已經能堆出笑容敷衍，但除了由里江或桂子這種熟識的人物以外，他盡可能和其他女性保持距離，也會小心不要引起她們的注意。

然而，因為久堂家的主宅邸雇用了許多女傭，住在那裡的話，免不了會被她們暗送秋波，完全無法放鬆心情過日子。所以，清霞才會移居到現在住的獨棟建築裡。

但現在，他竟然自願和正值妙齡的女性同住一個屋簷下。這是幾年前的自己絕不會相信的事情。

自嘲地笑出聲時，他感受到一股不尋常的氣息，因此停下腳步。

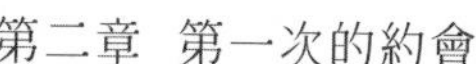

（有什麼在跟著我。）

視線從後方投射過來。而且不只一道。聽不見腳步聲或呼吸聲，只有一股不祥的氛圍。看來並不是人類。

（竟然企圖打探我？是哪裡來的愚蠢之人？）

能驅使人外之物的話，對方想必也是異能者。不過，會做出這種事，還真是不知天高地厚。

又或者，對方對自己的力量有著絕對的自信？

清霞還沒離開值勤所的腹地，附近也看不到其他人出沒。這裡的大門守衛沒有見鬼之才，建築物外圍也沒有布下結界，所以人外之物可以任意進出。但另一方面，這樣的安排其實也是個陷阱。這麼做的話，在情況危急時，就能將鮮少人知的這個地方當成戰場殲滅敵人。

「真是愚蠢。」

清霞稍稍動了動手指。接著，一些小小的物體硬是被他從陰影處扯出來。

形狀看起來不像人也不像鳥、尺寸約莫巴掌大的紙片浮現在半空中，數量多到數也數不清。

不過，這些紙片現在全都自動停止動作，只是靜靜漂浮在半空中。

就算想逼它們供出指使人是誰，大概也問不出個所以然吧。這些只是窺視用的普通紙片罷了。

「淨是做些無聊的事情。」

淡淡地這麼輕喃後，清霞轉身。下一刻，空中浮現藍色的火焰，將一動也不動的式神燃燒殆盡。

能夠同時輕鬆、完美地驅使自己所擁有的多種異能，是清霞被譽為當代的頂尖異能者的理由。

（雖然不是值得一提的對象……）

不過，這到底是何方神聖搞的鬼？

總覺得腦中閃過一抹不祥預感的他，連忙坐上轎車速速返家。

第三章　給老爺的禮物

早上，一如往常地恭送清霞出門後，美世出聲喚住準備到院子裡洗衣服的由里江。

「您怎麼了，美世大人？」

「那個……我想跟您商量一件事。」

「哎呀哎呀。」

「是什麼事呢？」由里江笑著詢問後，又補上這麼一句。

「您願意找我商量事情，我覺得很開心呢。」

沒想到會因此這麼高興。

一起走回起居室後，和由里江面對面坐下的美世，在端正自己的坐姿後道出正題。

「其實……我想送老爺禮物。」

「哎呀！」

沒錯。現在，美世正為了這個問題苦惱不已。

收下清霞那把看起來相當昂貴的梳子後，她便一直在思索。

不只是梳子。之後，她還收到了保養頭髮用的茶花油。而且，她也還沒針對平常在這個家中受到諸多照顧一事，好好向清霞回禮。

以言語表達感謝之情固然重要，但除此以外，美世希望也能把這份感謝化為有形之物。

不過，關於該送清霞什麼才好的問題，她完全沒有頭緒。更何況，她的能力所能準備的禮物極其有限。倘若送了價格不高、不算珍貴、又平凡無奇的東西給清霞，會不會反而造成他的困擾呢？

一個人苦思許久，仍得不出答案的她，最後下定決心找由里江商量。

「要送什麼東西給老爺，才能讓他開心呢……」

美世並非完全沒有預算可以動用。

離開齋森家時，父親有給她一筆錢。但因為不算多，所以她一直保留著，打算等到發生緊急情況時再挪用。

美世垂下眉毛，忍住想要嘆氣的衝動表示：

「我的預算真的不多……恐怕沒辦法買下適合送給老爺的禮物。」

「噢……原來如此。這個嘛……難得有這樣的機會，送少爺平常就會用的東西給他，應該是不錯的選擇喲。」

「是。」

「這樣的話，我覺得您親手做的東西會很適合呢。」

「親手做的……」

美世也想過這個方法。如果買不起，就只能動手做。

只是，自幼便在高級品圍繞下長大的清霞，眼光想必也比一般人高。美世擔心，收到自己做的禮物，會不會讓這樣的他覺得寒酸。

就算清霞這麼想，她也無可奈何。不過，可以的話，她還是希望能讓他收下禮物時感到開心。

因為，自從來到這個家之後，每天都會發生讓美世開心不已的事。

聽到她這麼說，由里江臉上的笑意更深了。

「美世大人，您真的很溫柔呢。請放心吧，少爺不可能嫌您的禮物寒酸。只要是您親手做的東西，無論是什麼，他收到時一定都會開心的。」

「是這樣嗎？」

「嗯，是的。」

不可思議的是，聽到由里江這麼斷言，美世也開始覺得好像真的行得通。由里江可說是一手養育清霞長大的人物。既然她都能百分之百肯定，想必就是這麼一回事了吧。

「我能做的東西……」

「噢，說到這個！」

拋下這句話之後，由里江慌慌張張地離開起居室，然後捧著一本書回來。

「您可以參考這本書裡頭的介紹。」

美世接過那本書，發現裡頭記載著以女學生為讀者群、可以在日常生活中使用的小東西的做法。

（如果是這樣的東西，我的確也有可能做得出來。）

美世快速翻了翻。書中介紹的，都是能用和服剩下的布料輕鬆做出來的物品，而且感覺也不會太花時間。

她得在向清霞坦白一切之前，把這個禮物送給他，所以，美世想避免製作過於複雜精細的東西，免得發生在半途失敗的窘況。

「找到合適的東西後，請您再告訴我吧。我也會幫忙的。」

「好的，謝謝您。」

美世暫時把教學書收在不至於妨礙工作的地方。

上午，跟由里江一起做完例行的家事後，美世便窩在自己的房間裡，重新開始思考關於禮物的事。

「好棒……好漂亮啊。」

她一邊翻閱收錄了精美手繪插圖的書頁，一邊這麼喃喃自語。將花俏可愛的造型小物的製作方式，簡單明瞭地一一描繪出來的這些插圖，光看就令人興奮不已。

「外出用束口袋感覺很快就能做好，手帕或許也不錯呢。」

書中介紹的物品種類，比美世想像中還要來得豐富，讓她一下覺得這個不錯、一下覺得那個也很棒。繼續往下翻的時候，她的手在某一頁停了下來。

「這是……」

傳統日式編繩。

以五顏六色的細線交錯編織而成的編繩，即使只是畫在紙上的圖樣，也美得令人目不轉睛。花紋看起來全都細緻又精美的編繩，讓美世判斷這個絕對會很適合清霞。

自己做的話，美世的預算足夠應付，做出來的成品也能有很多種運用方式。

（就是這個了。）

雖然不知道自己能不能編得像插圖描繪的那麼精緻，但美世已經不做他想。

捧著傳統日式編繩的那一頁向由里江報告後，她也大力贊成。

因為需要出門採購材料，在清霞回到家後，美世向他請示這件事。

「老爺。請問，我這幾天可以出門一趟嗎？」

「……怎麼了？有什麼東西不夠嗎？」

不知道是不是錯覺，清霞看起來有點擔心。他或許是想起美世前些日子出門時，因為不習慣而顯得手足無措的感覺了吧。

「是的。有些東西我希望能自己挑選……果然還是不行嗎？」

「不，我不是這個意思。妳要一個人出門嗎？」

「我打算在白天和由里江太太一起去。」

美世實在也沒有勇氣自己一個人外出，所以便拜託由里江在白天時段陪同她一起去採買。由里江也二話不說地答應了。

「不會危險嗎？」

「我想……應該……不要緊。」

為了讓清霞答應，美世拚命地點頭。

「……我不能一起去嗎？」

清霞眉間那道明顯的皺紋依舊存在。美世很感謝他這麼擔心自己，然而，要是她採買材料的目的被清霞本人知道，實在很難為情。更何況，她也不好意思要求忙碌的他陪自己上街。

「那個……是的。不過，沒問題的。」

「這樣啊。」

清霞吐出一口氣。會覺得他看起來好像有點遺憾，一定是美世的錯覺吧。

「出門自己多小心。別跟著不認識的人走了。」

「……我明白。您太誇張了，老爺。」

美世已經不是小孩子了，這點道理她當然也明白。

只是去市區買點便宜的紗線而已，應該不會花太多時間。再加上還有由里江陪著，所以也不至於危險。

美世相當期待出門的那天到來。無論是挑選紗線、或是親手做日式傳統編繩，都是她人生第一次體驗的事，也因此讓她興奮不已。

她打算編一條髮帶送給清霞，她會將編好的繩子弄成可以綁起來的髮帶。對長髮的清霞來說，這理應是最適合的禮物。

準備和由里江一起出門的那天早上，帶著一臉認真表情的清霞，將一個巴掌大的小巧布袋交給美世。

「這是……？」

「護身符，妳今天外出時帶在身上吧。」

「謝……謝謝您。」

不管怎麼看，這都只是神社會販賣的那種普通護身符。只是外出兩、三小時而已，這樣會不會太誇張了呢——儘管這麼想，美世仍小心翼翼地將護身符塞進腰帶內側。

「聽好了，絕對不能忘記帶出門，一定要隨身攜帶它。」

「是。」

「妳真的明白我的意思嗎？」

「當……當然。」

看到清霞這麼擔心自己，美世開心到差點忘我地露出笑容。察覺到自己這種反應的她，連忙迅速以手掩住嘴巴。

「真是……」

仍緊皺眉頭的清霞別過臉去，從美世手上接過公事包後，便踏出家門值勤去了。

◇◇◇

最近，家中的氣氛非常糟糕。辰石幸次過著人生至今最憂鬱的一段生活。

其中的一大原因，在於身為辰石家當家的父親心情一直相當惡劣。

經過父親的書齋外頭時幾乎都會聽到他的怒吼聲、或是東西被砸爛打碎的聲響。

父親似乎是因為自己的計畫進行得不如想像中順利，所以才會變得這麼煩躁。不過，幸次倒覺得想要像這樣大發雷霆的人，應該是他才對。

總是暴躁不已的父親。明明是辰石家的繼承人，看著這樣的父親，卻只是以事不關己的態度表示「還真誇張耶」的哥哥。母親則是一直窩在房裡足不出戶，不是能仰賴的對象。而為了避免讓父親心情更差，傭人們個個繃緊神經，導致家中的氣氛更進一步惡化，也讓幸次覺得心情一刻都輕鬆不起來。

他經常被說是個性溫和沉穩的人。實際上，幸次的確鮮少將自己的怒氣發洩在他人身上，但這不代表他不會有這般激烈的情緒波動。

「噯，幸次先生。陪我去買東西吧？」

——啊啊，就是這個。

以嗲聲嗲氣的嗓音朝自己靠近的未婚妻。

雖然父親也很令人不滿，然而，一想到自己得跟這種女人結婚，共度未來數十年的人生，幸次就覺得反胃。

打從小時候開始，幸次就一直喜歡著美世。

除了老實又溫柔的個性以外，她還有著即使飽受家人的冷酷欺凌，依舊能咬牙撐下去的堅強。這樣的她所散發出來的光輝，深深吸引了幸次。偶爾有機會見面時，每次看到美世缺乏生氣而泫然欲泣的臉龐，便會讓幸次湧現「我絕對得保護她」的強烈欲望。

美世是長女，自己則是次男。再加上雙方的家系也有互相往來，所以，兩人將來共結連理的可能性應該不低才對。然而——

最後，壓榨美世的香耶被指定為幸次的未婚妻，美世則是被趕出家門，去到他伸手無法觸及的遙遠地方。

而且，據說父親原本的計畫，是打算讓美世嫁給幸次之兄。無人顧及美世本人的心情，全都把她當成道具一般看待。

因此，對幸次來說，無論是自己的老家辰石家、或是長年虐待美世、最終又將她拋棄的齋森家，其實都讓他恨之入骨。

「買東西？我知道了。好啊，我們走吧。」

儘管如此，幸次仍向自己的未婚妻展露笑容。

他將這股漆黑混濁的情感沉澱至內心深處，徹底而完美地隱藏起來，繼續扮演身為優秀青年的「辰石幸次」。

理由很單純。倘若幸次拒絕和香耶締結婚約，轉而選擇美世的話，自尊心異常高的香耶、以及她的母親香乃子，想必都會把矛頭指向美世。他實在無法看到美世因為這種事而再度吃苦受罪。

所以，為了讓這家人無法繼續迫害自己最珍惜的人，他選擇站在最靠近的地方來監視齋森家。

（能守護美世的人，就只有我了。）

再次確定自己內心做出的這個決定後，幸次壓抑住自己真正的感受，親暱地朝香耶走近。

偏窄的這條道路上擠滿了人。為了避免跟由里江失散，美世小心翼翼地前進。

今天，她一如預定，跟由里江一起造訪了市區。兩人目前來到的地方，是和現代化建築物林立的主要幹道有一段距離、聚集了眾多歷史老店的地區。

即使不搭乘轎車，花上三十分鐘的話，便能從住家徒步走到這裡。今天，美世配合由里江的步調放慢腳步，在走了四十分鐘後抵達。由里江領著她前往目的地的手工藝材料專賣店。

雖然美世也懂得縫紉技巧，但自從被娘家當成傭人對待後，她就只有用多餘的碎布或絲線縫過東西。像這樣的專賣店，她還是第一次造訪。

「哇啊……好棒喔。」

無論顏色或花樣都琳瑯滿目的紗線和布料，還有縫紉針和布剪等工具。架上陳列著各式用品的店內，儘管醞釀出一種讓人心情平靜的氛圍，卻又足以令人逛得眼花撩亂、心情雀躍。

這間店感覺上比較接近生活雜貨店。除了上了年紀的老婦人顧客以外，也有不少女學生流連店內，興奮地比較各項商品。

「來，美世大人，您覺得那個好呢？」

「呃……這個嘛……」

清霞喜歡什麼顏色呢？不對，這時候應該挑選適合他的色系才是。

（老爺他想必不喜歡過於高調的顏色吧。）

清霞的髮色偏淺，所以適合顏色看起來比較明顯的髮帶。不過，像黃色或鮮紅色等色系，應該可以先排除掉。

靛青色或藍色感覺很適合他，但因為太適合了，彷彿又顯得有些平淡無奇。清霞平常使用的髮帶是黑色的，所以，藍色髮帶綁起來的感覺可能會過於類似。

「怎麼辦，令人不知道從何挑起呢……」

在滿面笑容的由里江陪伴下，美世認真煩惱起來。

不過，像這樣煩惱的時間，她也覺得甘之如飴。這是一段很特別、又很幸福的時光。

由自己主動為誰做些什麼——這是美世以往未曾有過的念頭。因為，淡淡地照著別人的吩咐行事，忍受不合理的對待，便是她過去的生活方式。

她完全不知道，一邊想像某個人欣喜的表情，一邊為他做些什麼，原來是如此令人開心的事情。

就算這樣的生活無法長久持續下去，她依舊相當感謝能讓自己體驗這段幸福時光的清霞。

挑選紗線的時候，美世臉上不自覺地浮現微笑。

煩惱了一陣子之後，終於挑選完畢的她，發現已經過了好一段時間。等一下直接徒步回去的話，大概下午才會回到家吧。

結帳時，發現自己準備的錢夠用，讓美世鬆了一口氣。隨後，她和由里江一起步出店內。

「能找到這麼不錯的顏色，真的是太好了呢。」

「是的。我已經在期待動手編繩子了。」

美世找到了讓她覺得「就是這個」的顏色。

她想趕快把髮帶編好送給清霞。用的材料是美世也買得起的廉價紗線、同時又是外行人第一次挑戰的手做編織品，所以，就算收到這種禮物，或許也不會特別令人開心。

儘管如此，美世依舊很想看到清霞收下禮物時展露出來的表情。這樣的期待，讓她的心跳加速不已。她感覺整個人輕飄飄的，腳步變得輕盈，甚至連體溫都有些升高。

「哎呀，對了！」

「由里江太太？」

原本跟自己並肩走著的由里江，突然停下腳步這麼驚叫。

「美世大人，我得去買點鹽，還請您在這裡等我一下喲。」

「鹽？」

噢，的確——美世想起來了。

廚房的鹽已經快要用完了。而且，因為出了一些差錯，商家暫時無法送貨過來。剩下的量能不能撐到那時候，讓兩人略為不安。

幸好這附近就有賣鹽的店，也還好由里江有想起這件事。

「我不會花太多時間的。」

「還是我過去買吧？」

「不不，請您在這裡等就好，美世大人。」

由里江笑著表示「這是我的工作，可不能讓給您呢」，接著便離開了。

美世在原地猶豫了半晌，不過，湧現「自己還是應該跟著去」的想法時，由里江已經不見人影了。

為了避免妨礙他人通行，美世走到路燈旁站著。

街頭的人們不停來來去去。直到方才都還很亢奮的心情，在美世剩下一個人的時候，突然一下子變得委靡。

（總覺得有些不安呢……）

看著眼前的人來人往，美世總覺得佇立在街頭的自己，彷彿成了被獨留在這個世上的存在，讓她有些坐立不安。

因為希望由里江趕快回來，美世忍不住頻頻朝她剛才前進的方向張望，但仍看不到那個熟悉的身影。決定放棄的美世，將視線移回自己的腳邊。

——就在這時候。

「哎呀，這不是姊姊嗎？」

「……！」

美世的背脊瞬間竄起一陣寒意。

（難道……）

這個甜膩的嗓音，她不可能會聽錯。因為，還待在齋森家的宅邸裡時，每當聽到這個人的聲音，她就會變得全身僵硬。

來到市區的話，確實有可能會遇到對方……啊啊，為什麼她沒能早點察覺這件事實呢？

街上熱鬧的人聲在一瞬間變得遙遠，美世有種彷彿被人從頭上澆了一桶冷水的錯覺。

「香……香耶……」

她轉過身，發現身旁有幸次陪伴的香耶，正帶著一臉完美的笑容站在那裡。

許久未見的這個和自己有一半血緣關係的妹妹，今天果然也十分美麗。除了有如盛開花朵的美貌依舊以外，一身米色布料搭上百合花圖樣的單衣（註4）打扮，不僅相當適合她，同時也散發出濃濃的初夏風情。高雅的言行舉止，看起來完全就是出自名門的千金大小姐，讓她不時吸引路人的目光。

那純淨無瑕得彷彿未曾被汙染過、可比仙女的笑容，讓經過香耶身旁的男性無不看得目不轉睛。

不過，從這個形象清純的公主殿下口中吐露出來的每一字每一句，卻都帶著劇毒。

關於這點，美世再清楚不過。

「呵呵，好意外呀，沒想到會在這種地方遇到姊姊。因為，我完全沒料到妳竟然還活著呢。」

我還以為妳早就曝屍荒野了——儘管嘴角勾勒出溫柔的笑容，但香耶的眸子裡確實浮現了嘲弄的光芒。

要是沒聽到香耶的發言，這樣的光景看起來，八成像是一位美麗的千金大小姐，正在主動開口關心另一個臉色不太好、看起來一副窮酸樣的少女吧。

香耶的表面功夫無懈可擊。她動人的樣貌和甜美的嗓音，總是能輕而易舉地蒙蔽眾人的眼睛。

「啊，不過，妳怎麼還是用這副難看的模樣在外頭閒晃呢？看來妳是被久堂大人給拋棄了吧？好可憐的姊姊呀。」

「沒……沒有……這種……」

口腔變得很乾燥、腦中也一片空白的美世，一下子沒能出聲回應。

「別說了，香——」

註4：夏天用的日式和服。只有一層布料，穿著時會在裡頭加一件襯衣。

站在香耶身旁的幸次，焦急地想要探出身子檔住她。

「幸次先生，你別插嘴。」

臉上依舊掛著笑容的香耶，連看都不看幸次一眼，只是以強硬的語氣這麼表示。她的表情看起來像是在思考接下來要說些什麼來侮辱美世，並相當樂在其中。

在這種人來人往的地方，香耶應該不至於大剌剌地做出讓美世難堪的行為。

儘管這麼想，但長年以來深植心中的恐懼，仍讓美世不禁全身僵硬。除了在原地默默忍耐以外，她想不到其他對應方式。

「哎呀，但這也是沒辦法的事呢。畢竟什～麼都不會的姊姊，怎麼可能配得上久堂大人呢？就算被趕出來，也是當然的下場呀。光是還保有一條小命，就算是賺到了吧？」

「……」

「還是說，妳其實已經體驗過讓人覺得『還不如死了比較好』的事情？我倒是無法想像那種經驗呢。」

說著，香耶發出令人憐愛的輕笑聲。久違地用言語鄙夷自己同父異母的姊姊，似乎讓她心情大好。她甚至還故意緊緊摟住幸次，然後取笑只能低垂著頭發抖的美世。

「已經夠了。我們走吧，香耶。」

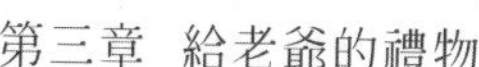

「我不是要你別開口了嗎？幸次先生。姊姊，如果有經濟方面的困難，就跟我說一聲吧？如果妳趴在地上誠懇地哀求，我也不是不能考慮一下喲。」

「……！我……我……」

美世很想說些什麼回擊。

在齋森家時，開口頂撞香耶，是絕不會被允許的行為。不過，現在回嘴幾句，應該也無所謂吧？因為美世已經被迫離開齋森家，而且想必也不會再回去了。

遭受不合理對待的辛酸煎熬，她已經默默吞下肚好幾年了。趁這個機會，把積累已久的怨氣一口氣發洩出來，不就好了嗎？美世內心明明也有這樣的想法。

然而，她怎麼也無法對香耶說出忤逆的台詞。

「哎呀，妳還是只會像以前那樣悶不吭聲？不管去到哪裡，妳果然還是不會改變耶，姊姊。」

「非……非常……抱歉。」

對於完全沒有改變的自己，感到最失望的正是美世本人。

開口閉口就是賠罪的習慣，在遭到清霞糾正後，她原本還以為自己多少有點改變了。然而，光是妹妹出現在眼前，她便止不住地顫抖，也忍不住朝對方低頭。

最重要的是，恐懼感支配了美世，讓她動彈不得。緊握的手開始泛白，視野也跟著變得模糊。

在接觸到清霞和由里江的溫柔之後，慢慢變得脆弱的內心那道高牆，現在已經幾近崩塌，眼淚也快要奪眶而出。

（可是，我不能在這裡哭出來。）

她不能被香耶看到自己的破綻。要是展現出自己如此脆弱的一面，只會更進一步加深香耶的喜悅而已。

「美世大人。」

從身後傳來的呼喚聲，讓美世猛然回神。她轉身，發現已經採買完畢的由里江出現在自己身後。

「讓您久等了。請問這邊這兩位是？」

「這……這個……」

「午安。您是姊姊的同事嗎？我是齋森美世的妹妹香耶。家姊受您照顧了。」

看到由里江疑惑的表情，香耶擺出令人喜愛的柔和笑容。目睹這個表情的人，都會毫不猶豫地認定她有著一顆溫柔的心。

啊啊，這下子連由里江都會拋下美世，選擇站在香耶那邊了嗎？說不定——清霞總有一天也會……

（不要。只有這樣……我絕對不要。）

該怎麼做，才能留住這兩個人？

無論美世再怎麼拚命思考，都想不出什麼好辦法。她沒有任何能夠勝過香耶的地方，也想不到能留住身邊的人、或是讓他們回頭看看自己的方法。

不過，在美世感到彷彿被困在漆黑洞穴裡那般無助時，有人對她伸出了援手。

不自覺地縮起身子、拱起背的她，感受到由里江輕輕將手放在自己的背上。

「初次見面，我是由里江。像我這樣的人，被說成美世大人的同事，可是天大的誤會。因為，美世大人將來會成為我侍奉的主子的夫人，可是相當重要的人呢。」

貼在背上的由里江的掌心傳來的熱度，讓美世感覺呼吸輕鬆了一些。

「您說……夫人？」

香耶瞪大雙眼，臉上淨是驚訝的表情。

「是的。因為，美世大人是我所侍奉的久堂清霞大人未來的妻子。」

「什……！」

由里江的嗓音聽起來比平常更堅定，甚至還帶點引以為傲的凜然。面對這樣的她，就連香耶都有些不知所措。

「哎……哎呀。迎娶姊姊這樣的人當妻子，久堂大人真的會滿意嗎？他還真是一位溫柔的人呢。還是說，他純粹是對姊姊有興趣而已？看來，街頭巷尾的八卦果然還是不可靠呀。」

香耶以衣袖掩嘴，讓自己的表情恢復平靜。她完美形象的面具，沒這麼輕易脫落。不過，她似乎也沒打算當著由里江的面，光明正大地說美世的壞話。

「那麼，姊姊，既然已經打過招呼，我就先離開了。」

香耶「呵呵呵」地擠出一個溫和微笑，隨即便拉著幸次的手走遠。

美世吐出憋在內心的一口氣，原本繃緊的身子終於能放鬆下來了。

「美世大人，我們回去吧。」

「……好的。」

由里江以溫柔的語氣出聲催促，但美世無法望向她的臉。

即使繼妹恣意出言羞辱自己，她仍完全無法回嘴，只能垂下頭站在原地。這般可悲的她的身影，想必都被由里江看在眼底了吧。

這樣的美世，竟然是清霞的未婚妻。由里江會不會對她產生不信任感了呢？

關於香耶那些挖苦的發言，事到如今，美世已經沒有任何感覺了。畢竟，每一句所陳述的，都是她再明白不過的事情。雖然沒能回嘴一事讓她感到後悔，但也不至於是會一直掛記在心上的事。

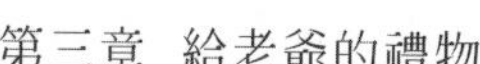

讓由里江因此對她失望，才是美世最恐懼的事情。

美世也很明白自己根本不配當清霞的妻子。儘管如此，她仍然害怕聽到由里江或得知這件事的清霞，當著面向她道出「妳配不上」的事實。

方才為清霞的禮物煩惱時那種心跳加速、整個人變得輕飄飄的感覺，現在已經下沉到很深很深的地底。

（討厭，我好討厭這樣的自己。）

在走回家的路上，美世一直維持著沉默。

或許是察覺到什麼了吧，由里江也沒有勉強向她搭話，兩人就這樣默默前進著。

美世盯著自己的腳尖，走過熱鬧的市中心大道、離開市區、然後穿越鄉間小徑。這天的陽光燦爛到有些炎熱的程度，被田野包圍的小徑也十分恬靜，跟她沉重不已的內心完全相反。

回到家之後，由里江終於開口了。

「美世大人，我馬上準備午餐喲。」

「……不，請不用準備我的份。」

「美世大人？」

「謝謝您今天陪我外出採買，由里江太太。請您休息吧。」

她無法跟由里江對上視線。她害怕看到由里江那雙眸子裡的神色。

美世留下人還在玄關的由里江，獨自一人走回自己的房間。關上拉門後，她無力地癱坐下來，茫然眺望著榻榻米地板的紋路。

（……我真的是很沒用呢。）

為什麼總是……總是這樣……什麼事都做不到呢？為什麼總是不如人、不如自己的繼妹呢？

覺得自己沒出息到極點的她，不知道該用什麼樣的表情面對今後的每一天。

在美世回到家的時候，清霞正好造訪了她的娘家、也就是齋森家。

聽到美世說要出門，他雖然有些擔心，但還是把這件事交給由里江負責，自己則是為了前往齋森家談事情而請假一天，然後來到了這裡。

林立於帝都一角的高級住宅之中，齋森家的宅邸規模看起來特別大。

清霞老家的久堂家的主宅邸，是上一代打造的西式豪宅，齋森家則是純和風設計的家屋。或許是天皇基於朝代變遷，從舊都移居到帝都的時候，這棟宅邸便已經存在了

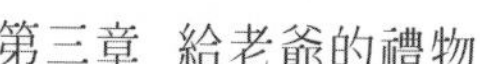

吧。雖然看起來有些年代感，卻也十分古色古香。

——不過，不同於建築物的外觀，住在裡頭的人卻是卑劣又齷齪。

已經在大門外頭等候清霞的傭人，以異常恭敬的態度請他入內。

「我恭候您大駕多時了，久堂公子。」

齋森家的當家齋森真一，親自來到玄關迎接清霞。

他並沒有明確表現出巴結逢迎的表情或態度，但很明顯是一心想討好清霞的模樣。

（還真是盛大的歡迎啊。）

他真的明白，清霞是他們一家人長年虐待的女兒的未婚夫嗎？

倘若真一事到如今，才打算跟清霞建立起友好關係的話，恐怕沒有比這更可笑的事情了。

因為，清霞對這一家人的評價，在很早之前就跌到谷底了。

在他們的認知當中，就算包含清霞在內的所有人，全都對美世不屑一顧，也是極其自然的事情。又或者，以出嫁的名目順利將美世趕出這個家，讓他們心滿意足到忘了這件事的程度？

無論是何者，這都讓清霞感到作嘔。

「……非常感謝你這般歡迎我突然的來訪。」

他勉強按捺住一不小心，就可能會爆發出來的負面情感，試著擺出正常的表情。不過，今天的他實在堆不出表面上的笑容。

「請別這麼說。久堂公子特地親自來訪，我感到萬分榮幸呢。來，快請進吧。」

在真一的催促下，清霞在走廊上邁開步伐。

這時，跟他擦身而過的真一之妻香乃子的身影映入眼簾。

以端莊的腳步跟在丈夫斜後方的她，看不出太多底細。然而，想到她實際上一直都在虐待美世，這空有外表的賢妻形象，反而更讓清霞的不悅倍增。

被領著來到宴客廳後，清霞和真一面對面就座。經過悉心打理的中庭，種著低矮的松樹等植物，呈現出一片濕潤的翠綠。

先開口的人是真一。

「那麼，久堂公子，請問您今天是為何而來？」

「……是關於你的女兒美世的事。」

看到清霞筆直望著自己這麼回應，真一微微拱起雙肩，兩道眉毛也跟著一皺。

「她怎麼了嗎？」

（你問「她怎麼了」？）

竟然會有這般愚蠢的提問？真一露出一臉壓根沒有想到自己會遭到責難的表情。

「我打算跟她正式締結婚約，之後也會慢慢考慮結婚一事。」

「……這樣啊。」

儘管奇怪地沉默了半晌，真一仍不動聲色地點點頭。

不過，坐在一旁的香乃子則是瞪大雙眼，看起來甚至瞬間止住了呼吸。

「因此，我認為有必要針對我們兩家的關係說個清楚。」

「唔……您所謂的關係是？」

「站在我們這種立場上的人，原本應該都是基於一定的利害關係，才會和他人邁入婚姻。不過，要我針對這門婚事回報齋森家什麼，實在讓我有些抗拒。」

雖然說法有些兜圈子，但這也是沒辦法的事。

畢竟，清霞不能直接了當地表示「我可不會讓你們太好過」。

「您這番話的意思是？」

「你還不懂嗎？」

清霞的目光變得愈發犀利。

真一的視線開始左右游移。

「您的意思是，針對這門婚事，您無法提供回饋給我們是嗎？但——」

清霞揚起一隻手，制止還想繼續說下去的真一。

其實，他原本想在美世不知道的情況下，就這樣讓齋森家跟她斷絕關係。他打算要求真一簽署不會再跟美世、以及迎娶她的久堂家牽扯上任何關係的約定書。

不過，就算這麼做能拯救今後的美世的心靈，卻無法彌補過去的她的靈魂。

而且，這恐怕會讓美世今後一直被待在這個家的痛苦回憶所束縛。所以——

「我有條件。」

「……」

「倘若你們願意當面向美世誠心誠意地賠罪，我也可以準備高額聘金來迎娶她。」

真一的表情仍沒有變化，但清霞瞥見他雙手緊緊握拳的反應。一旁的香乃子則是一臉彷彿氣得牙癢癢的表情。

根據他的調查，作為代代承襲異能的家系，齋森家今後可能會逐漸走下坡。

將來負責支撐整個家的香耶雖然有見鬼之才，但本身能力並不算太強大。倘若她日後沒能生下具備更強大異能的子嗣，想繼續執行天皇的飭令，恐怕會有困難。

從過去一路累積至今的地位跟財產，還勉強能逃過瞬間崩盤的命運，但這樣的情況只會一直惡化下去。至於持續跟齋森家有所往來的辰石家，目前也正面臨類似的危機，所以無法成為齋森家的支柱。

考量到家系的未來，不管是錢財還是其他東西，能撈的就得盡量撈——這想必才是

真一內心真正的想法吧。

「你說……賠罪？」

「不想做的話，我也不勉強你們，就只是此後斷絕一切來往而已。不過，希望你們明白，關於你們對美世所做的一切，我幾乎已經全都查個清楚了。」

香乃子輕喚了一聲「老公……！」並對真一投以求救的眼神。

（純粹是你們自作自受吧。）

即使沒有實際血緣關係，也有很多親子能夠融洽相處。

這個家的成員，原本應該也能秉持「小孩子是無辜的」這種想法，將私人恩怨排除在外，跟美世建立起理想的家人關係。但他們卻把美世當成怨氣的發洩對象，扭曲了她的人生。這可是罪大惡極的行為。事到如今，就算試圖做挽回，也不會有任何幫助。

面對清霞從未移開的視線，真一先是緊緊閉上雙眼一次。他的額頭冒出涔涔冷汗。最後，他像是呻吟般開口：

「請您……讓我考慮一下。」

這便是真一的答案。

「我明白了。不過，我沒辦法等太久。」

「……是。」

清霞從座位上起身，他選擇不再掩飾自身的不悅。

煩躁得雙肩不停顫抖的真一，這次沒有走到玄關送清霞離開。

在市區盡情購物好一陣子之後，回到家的齋森香耶踏進家門，發現裡頭的氣氛有種奇妙的緊繃感。

「是有客人來嗎？」

看樣子，有訪客來到家中。老實說，她覺得很麻煩。

今天，香耶的心情有些暴躁。

她在市區跟繼姊不期而遇。香耶並不排斥遇到她，因為，在見面後挖苦她一番，是發洩情緒最好的方式。

不過，回想起剛才發生的事，她不禁板起臉孔。明明身為自己的未婚夫，幸次卻出聲袒護繼姊。而且，那個繼姊也還沒被趕出久堂家。沒有比這更令人不愉快的事情了。

從繼姊那身打扮看來，就算還沒被趕出去，她想必也沒有得到未婚夫的寵愛，只是被晾在一旁而已吧。

儘管試著這樣說服自己，好讓心情平靜下來，香耶仍覺得極為不快。

「香耶，妳先冷靜一點——」

「什麼呀。反正你一定是站在姊姊那邊的吧，幸次先生？無所謂的，你不用這樣刻意裝出體貼我的樣子。」

香耶別過頭不看走在自己身旁的幸次，不滿地噘起嘴。

幸次則是沉默地聳聳肩。

（為什麼悶不吭聲呀！這種時候應該以「沒這回事」否定我的說法才對吧！）

若是幸次願意摸摸她的頭、哄她個幾句，香耶原本還覺得可以原諒他。看來，跟這種不夠體貼的人結婚一事，恐怕還是要重新考慮比較好。

正當香耶在內心這麼怒罵時，身旁的未婚夫「啊！」了一聲。

「什麼……哎呀？那位先生就是客人嗎？」

兩人踏進玄關時，正好看見一名身材高挑的男子從宴客廳走出來。

對方穿著軍裝。儘管看上去很年輕，但從軍裝上頭的動章看來，這名男子的軍階應該很高。

為了避免失禮，香耶輕輕向他低頭致意。男子從旁走過時，她不經意抬起的視線，和他的交會了一剎那。

（這個人長得好漂亮呀。）

微微瞇起的那雙眸子，透出冰冷、犀利、彷彿能將人刺穿的目光，讓香耶一瞬間全身僵硬。不過，那確實是一張美得令人畏懼的臉蛋。

男子清瘦而高雅的身影，完全不會給人不可靠的感覺。他所踏出的每個步伐，都優美得讓人無法移開視線。

香耶就這樣眺望著一頭長髮在背後搖曳的男子離去。

離開齋森家後，又繞去自己工作的地方，接著才返家的清霞，發現由里江不知為何還在家裡。換做是往常，到了這個時間，她早該返回自家了才對。

美世也在由里江的身旁，然而——她看起來似乎不太對勁。

「歡迎您回來，老爺。」

「少爺，歡迎您回來。」

美世果然有些心不在焉的樣子，一旁的由里江也對她投以欲言又止的視線。

籠罩著兩人的空氣有幾分不自在。

「我回來了……發生什麼事了嗎？」

「那個——」

「不。」

由里江正要開口時，美世突然這麼打斷她。

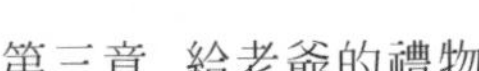

「非常抱歉，什麼事都沒發生。」

「美世大人……」

由里江不禁以規勸的語氣開口呼喚。清霞皺起眉頭。

美世的視線一直沒有望向他。最近，她比較不會低垂著頭，和清霞對話的時候，兩人也常常四目相接。但現在的她，彷彿又變回一開始的狀態。

「發生什麼事了？」

「真的什麼都沒有，我先退下了。」

平常，接下來應該是兩人一起用餐的時光，但美世卻只是輕輕一鞠躬之後，就躲回自己的房間裡。

（這看起來……一定發生過什麼吧。）

清霞轉而詢問留在原地的由里江，結果後者露出悲傷的表情垂下頭。

「少爺，真的非常抱歉。明明有我跟在身旁……」

「難道是妳們外出時發生了什麼事？」

「是的……」

外出採購的目的很順利達成了。然而，在由里江暫時離開的時候，美世不巧遇上了她的繼妹，而對方的態度異常地氣勢凌人。

聽到由里江報告的內容，清霞忍不住想要咂嘴。

沒想到自己去齋森家把話說清楚的期間，竟然發生了這種事。

早知道，在齋森家跟香耶擦身而過時，應該要說她幾句才對。這樣一來，根本可以說是本末倒置。

「結果，在您回來之前，美世大人就像現在這樣，一直自己一個人關在房裡。我實在很擔心她，所以沒辦法放心回家呢。」

關於美世過去在齋森家過著什麼樣的生活，清霞還沒有告訴由里江。

他並不是要瞞著由里江。因為她每天跟美世相處的時間比較長，清霞自然也有打算向她說明一切，讓由里江從旁協助。但沒想到……

清霞領悟到他的動作慢了半拍的事實——同時也深切體會到自己的無力。

（我也還差得遠呢……）

遇到這種情況，他不知道該如何向美世搭話、該怎麼成為她的心靈支柱。

至今，他已經自毀了無數個結婚的機會，或許，清霞其實根本不適合婚姻也說不定。在這種時候，他只是一味感到困惑，什麼忙都幫不上，所以或許會被認為是個冷淡的人。

然而，儘管如此，他仍想要守護美世。

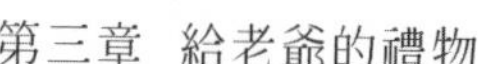

他想看到她露出像收到梳子那時的純潔無瑕的笑容。

「該怎麼做，才能讓她變得有自信呢？」

聽到清霞這麼輕喃，由里江笑著回答「這種事呀……」

「這還用問嗎？少爺。女人會因為被愛而湧現自信喲。所以，您只要比現在更明確地展現出您對美世大人的愛情，好好珍惜她，這樣的話，美世大人的內心一定也會踏實得多呢。」

「……」

（愛情……是嗎？）

清霞對美世懷抱的這份感情，真的能稱之為愛情嗎？就連他自己也不太明白。

但至少，他能把「自己期望什麼樣的未來」這樣的想法傳達給她。

「如果這麼做，可以讓她打起精神的話……」

無論要用多少話語來表達，他都願意。

因為時間也晚了，清霞先開車送由里江回家。返家之後，他來到美世的房間外頭。

「是我，妳現在方便嗎？」

這麼呼喚後，和紙拉門微微拉開一道縫隙，可以窺見美世站在後方的身影。

「真的很抱歉，老爺。就算……只有一下子也無所謂，能請您……暫時別管我嗎？」

一反清霞的想像，美世的嗓音聽起來很鎮定。沒有在顫抖，也不是噙著淚水的感覺。很淡定，也很平靜。

不過，聽起來還是比平常低沉一些，也讓清霞馬上明白她現在很沮喪的事實。

「我只是希望妳聽我說幾句話而已，妳不願意嗎？」

「真的萬分抱歉。」

美世低垂著頭，清霞看不見她臉上的表情。

不過，雖然不停道歉，但她會如此明確地表示自己的想法，倒是很罕見的事情。

清霞俯瞰著她遲遲不肯抬起來的小腦袋，然後嘆了一口氣。勉強已經受到傷害的人，可是不好的行為。

「是嗎？那就沒辦法了。」

「家事……我會好好……做完的。」

「……別在意這個。」

美世又補上一句「給您添麻煩了」，然後輕輕鞠躬。

「我只跟妳說一件事。」

準備拉上拉門的手停下動作。

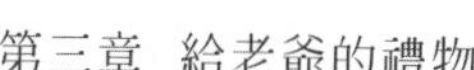

「妳獨自承受著的那些苦惱，之後都會變成完全無需在意的事情。所以，妳別想得太嚴重了。」

是否擁有與生俱來的異能這點，或許是已經無法改變的事實。但是，除了異能以外，有更多可以轉化成自身能力的東西。

讓美世一口咬定自己很沒用的原因，幾乎都是今後可以慢慢解決的事情。包括繼妹和娘家的問題都是。只要美世願意換個想法，一切都有可能改變。

因為清霞也已經這麼下定決心了。

「如果有什麼想對我說的話，我隨時都能聽妳說。」

其實，就算在這一刻，清霞也很想好好跟美世面對面談談。但他仍強忍住這樣的念頭，選擇默默離開。

在美世整頓好心情之前，他或許還是在一旁耐心等待比較好。

「……是。」

慢了半晌傳來的回應，嗓音並不大，但也不算微弱。

之後，清霞沒換上居家服，而是穿著軍裝窩在書齋裡頭。他輕嘆一口氣，在沉思片刻後，拿起了信紙和鋼筆。

花季在不知不覺中過去，轉眼已是一片嫩葉蓬勃、綠意盎然的時節。

跟美世見到面的機會驟降的狀態，已經維持了一星期左右。對清霞而言，這段時間既沉重又漫長。她不會在玄關恭迎清霞出門或回家，儘管會幫忙做飯，但卻不再跟清霞一同進餐。

幾乎遇不到美世的生活，讓清霞覺得相當枯燥乏味。彷彿家裡頭的溫暖少掉了一半似的。

而且，齋森家仍未針對之前的事，給他一個明確的答覆。試圖監視清霞的神祕式神也依舊持續出現。雖然已經可以鎖定施術者，但目前對方跟自己並沒有什麼直接的關係性，所以清霞也不明白他的目的究竟為何，目前仍在思考該如何應付。

在讓人沮喪的事態不斷持續的情況下，清霞今天也一如往常地出門值勤。

「您看起來很憂鬱耶。」

在隊長室裡整理文件時，五道這麼朝他搭話。

那嘴角微微上揚的表情令人煩躁，一眼就能看出他完全抱持著看好戲的心態。

「我都知道喔。原因是那位罕見的……不對，應該說是第一個能長期和您維持婚約關係的女性吧？咦，你們還沒正式締結婚約來著？」

「……」

「我完全想不到隊長也會因為女人，而受到這麼大的影響耶～這個世上真的什麼事都會發生呢。」

「……你好吵。」

「哎呀～我也好想見見能讓您動心的那位女性喔～」

「不准。別開玩笑了。」

「為什麼啊！」

跟五道對話，總會讓清霞有種無力感，實在是愚蠢到不行。

「五道，你知道明天要怎麼做吧？」

聽到清霞再次這麼確認，他優秀的副手嘻皮笑臉地回答：

「當然。明天中午過後，在帝都的中央車站對吧？之後再開車到隊長的家。請您別忘了報酬喔。」

「我知道。拜託你了。」

「包在我身上。」

最近，清霞常常請假。當然，他都有事先申請，也得到了上級的允許，所以並沒有必要懷抱愧疚感，但這麼做，確實加重了五道的負擔。因此，清霞決定自掏腰包，讓五道賺一筆外快。

不過，其實也只是「在大眾居酒屋盡情吃喝三個晚上」這種廉價的報酬而已。明天，美世會露出什麼樣的表情呢？他總覺得有些恐懼，同時似乎又有幾分莫名的期待。

但願她能覺得開心就好——清霞這麼暗自期盼。

美世面對著書桌，專心一志地以雙手緩緩編著紗線。

因為她早已記住編繩的編法，若想加快編織的速度，其實也不是做不到。然而，總覺得內心仍未做好萬全準備的她，不自覺地想要延長像這樣獨處的時間，導致雙手的動作也跟著變慢。

她討厭思考繼妹的事情。

一再體會到自己是多麼沒有用處的事實，也讓她感到厭煩。

——所以，她轉而思考清霞的事情。

美麗、溫柔、同時又強大的老爺。這樣的他，炫目到讓人無法輕易靠近，但同時，美世卻又覺得待在他身旁是那麼舒適，甚至湧現了「不想跟這個人分開」的奢望。

想待在清霞身旁的話，這麼開口告訴他、然後做出相符的努力就行了。就算沒有異能、無法成為他的妻子，至少能像由里江那樣，以一名傭人的身分支援他的生活。

不管怎麼說，繼續像這樣拖拖拉拉下去的話，絕對無法解決任何問題。

美世將視線移向書桌的一角。

那裡放著一條已經完成的美麗髮帶。雖說是初學者製作出來的成品，上頭的手工編織花樣卻十分工整，看起來相當精緻。

沒錯──其實，要送給清霞的禮物已經完成了。

現在，她只是在用剩下的紗線編織不同樣式的編繩，無謂地拖延著時間。

美世不禁嘆氣。因為睡眠不足，她的腦袋昏昏沉沉的。

來到這個家之後，每晚連綿不絕的惡夢，至今依舊折磨著美世。她時常在夜深人靜時嚇醒，陷入自我厭惡的狀態，然後因為不安而遲遲無法入睡。

『美世大人，您現在方便嗎？』

正當她又想嘆氣時，由里江的聲音從外頭傳來。

現在是過了中午的時刻。最近這陣子，美世都沒有吃午餐，所以不明白由里江為何會在這種時間呼喚她。

「……由里江太太？」

『有客人來找您。可以讓她進來嗎？』

（客人？）

美世不禁停下手邊的動作，困惑地歪過頭。

有誰會來這個地方找她呢？

應該不是娘家的人吧。還在念小學的時候，她結交過一些朋友，但也早就沒有往來了。除此之外，美世沒有其他認識的人，更何況，現在自己待在久堂家一事，她不認為還有其他人知道。

「請……讓她進來吧。」

不過，畢竟不好把特地來訪的客人趕回去，美世於是這麼回應。

聽到拉門被拉開的聲音，美世轉過頭，然後懷疑自己的雙眼。

「許久不見了，大小姐。」

因為過於震驚，她甚至發不出半點聲音。

對方看起來比最後一次見面時衰老了不少，不過，她確實是美世熟悉的那個人。

「花……花姨……」

「我是——您長大了呢，美世大小姐。」

花以帶著水氣的一雙眸子朝美世微笑。

匆匆替花準備了坐墊後，美世便在房裡和她兩人獨處。突然面對面相處的狀態，醞釀出有些緊繃的氣氛，讓美世的視線左右不定地游移。

花還是跟以前一樣。雖然瘦了一些，但有著下垂眼的一張容顏，仍讓她看起來穩重又溫柔。

儘管如此，老實說，美世實在是太過震驚了，甚至震驚到忘了為兩人的重逢感到喜悅。美世信賴有加的這名傭人，隨著她被關在倉庫裡的那段痛苦回憶而消失蹤影。明明是從美世出生後便一直照顧著她的人，離別卻來得如此倉促。

在那之後，已經過了好幾年。

花遭到解雇後，連家中唯一能夠信任的傭人都失去的美世，隨即被空虛感吞噬。理所當然地存在於自己心中的某個重要的部分，彷彿突然被人硬生生地挖走，讓她連活下去的力氣都沒有了。

然而，不知不覺中，美世變得連這種空虛感都習以為常。因為認定這輩子不可能再遇見花，所以，她完全沒想過真的重逢時，該跟對方說些什麼才好。

看著美世遲遲沒說話，或許已經等不及的花率先開口。

「看到您過得不錯，真是太好了，大小姐。」

「……是的。那個，花姨也是……」

儘管說話有些吞吞吐吐，美世仍努力出聲回應。

這麼說來，在花被解雇之前，美世其實也都是用「大小姐」的語氣在跟她說話。但現在，因為美世已經完全習慣以一名傭人的身分發言，所以，該用什麼樣的語氣來跟花說話，也讓她有些困惑。

「大小姐，其實，我結婚了呢。」

「這……這樣呀，恭喜妳。」

「之後也生了孩子。我的丈夫是我娘家隔壁村落的居民，我們現在過著每天一起下田幹活的日子……總之，我過得很幸福。」

仔細一看，露出微笑的花的臉龐，感覺比以前曬黑了一些，也多了些許淺淺的皺紋。原本便有著一張溫柔臉蛋的她，現在感覺更多了某種能包容一切的穩重度量。

「大小姐，您呢？您幸福嗎？」

至此，美世猛然回過神來。

「我……」

來到這個家之後發生的事情，一一在她的腦海中浮現、然後消逝——美世不知道該如何回答這個問題，只好沉默以對。

這時，花伸出手，將掌心覆上美世放在腿上的手，然後握住。

從前，她也時常像這樣握住美世的手。來自掌心的溫暖一如過往，沒有半點改變。

「大小姐。在您最煎熬痛苦的時候，我沒能陪在您的身邊，真的很抱歉。」

「花姨……」

「老實說，我一直覺得沒臉見您。當初什麼忙都沒能幫上的我，怎麼好意思再……」

花露出打從內心感到懊悔的沉痛表情。

「然而，我還是來到這裡。這是因為——」

花以筆直的視線望向美世。

「我想看到您變得幸福的模樣。我想看到昔日最寶貝、最寶貝的大小姐，一直承受著辛酸痛苦的大小姐，露出幸福洋溢的笑容的樣子。」

「……！」

美世感到鼻腔一陣酸楚。

對了。在花離開後，自己變得落魄不堪，失去了被喚作「最寶貝的大小姐」這樣的資格。美世不願意讓花看到自己這副模樣。花代替早逝的母親，一直以溫暖的愛情呵護著美世。她不想讓這樣的花傷心難過。

「花姨，可是，我……」

得知自己必須離開齋森家而嫁到久堂家，成了另一個讓美世絕望的事實。

不過，身為婚約對象的清霞，一開始雖然給人很可怕的印象，但其實是個相當溫柔的人。這個家待起來也很舒服，由里江人也很好。

還待在齋森家的時候，美世完全無法想像自己能像現在這般幸福。然而──

「我沒有任何異能，甚至連見鬼之才都沒有。」

美世的嗓音顫抖著。

「所以，我不配做老爺的妻子，我不可以一直待在這裡。」

坐在自己對面的花的面容開始模糊，感覺淚水即將奪眶而出的美世，不禁緊緊咬住嘴唇。

親口道出這個事實，讓她感到分外煎熬又痛苦。她不想離開這裡，但不是因為她沒有其他地方可去。

「大小姐。」

美世覺得，如果再繼續說下去，她就會無力阻止淚水溢出，因此只能沉默下來。花對這樣的她投以關心的視線。

「……大小姐。」

片刻的沉默後，花輕聲開口。

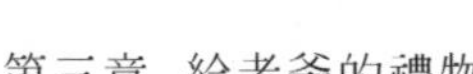

「您知道我為什麼會來到這裡嗎？」

「咦？」

「遭到解雇後，我曾再次造訪齋森家，請求老爺他們重新雇用我，但最後仍未能如願。可是，我還是很想知道您過得如何，只好頻繁地去拜訪之前一起共事的傭人，後來他們嫌我煩，最後也不願意搭理我了……回到老家後，在父母的遊說下，我在多年前結婚。您覺得這樣的我……別說是跟齋森家了，甚至連跟帝都也變得無緣的我，怎麼能夠找到這種地方來？」

「……這個……」

美世知道花有多麼掛念自己。不過，單憑掛念的感情，並無法讓她順利找到這裡來。

想必是有人將美世已經離開齋森家、目前住在這裡的消息告訴了花才對。

「剛收到那封信的時候，我還以為出了什麼大事呢。畢竟那位大人是遠在天邊、遙不可及的人物——大小姐，久堂大人真的是很好的人呢。」

沒錯，這還用說嗎？能夠想辦法找到花，還把她帶來這裡的人。

「老爺……」

到頭來，也只有他做得到這種事情。

『妳獨自承受著的那些苦惱，之後都會變成完全無需在意的事情。所以，妳別想得太嚴重了。』

既然能夠聯絡上花，代表清霞恐怕已經將美世的一切調查得清清楚楚了吧。這樣的話，他是基於什麼樣的想法，而對美世道出那句話呢──

（老爺已經發現我沒有異能的事實了。所以，他說這句話的用意，是要我把婚約當作不曾存在的東西──如果是平常的我，恐怕會這麼想。）

不過，現在的美世已經多少比較了解清霞的為人了。

雖然不知道他在軍中的形象如何，但至少和美世在一起時，清霞總是相當溫柔。所以，他想表達的意思或許並不是那樣。

「……花姨，我是不是一直都在鑽牛角尖呢？」

「大小姐。」

「我跟香耶不同，沒有見鬼之才……更沒有異能。所以，我一直認為不管再怎麼努力掙扎，自己都是沒有價值的。」

異能即是一切。只要擁有異能，美世想必就能在齋森家受到不同的待遇。所以，沒有與生俱來的異能，便是導致這一切的原因。

她的內心或許……不對，應該說確實有一部分是這麼認定的。

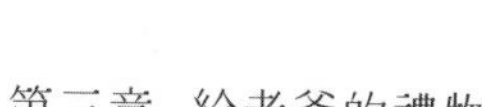

「我很害怕向老爺坦承這件事，我不想因為這樣而失去現在的幸福。我完全認定老爺在得知真相後，一定就會拋棄我。」

然而，仔細想想，這是美世憑著先入為主的觀念，擅自認定清霞和自己的父親相同，是只會以有無異能來評定他人存在價值的人物。

她應該早點和清霞說清楚才對。不是讓自己被拋棄的時間提早，而是為了確認他真正的想法。至今，美世都沒能察覺到這一點。

「……我……」

美世望向自己的書桌上頭。製作到一半的日式編繩旁，放著她做給清霞的髮帶。

感覺自己的手被更用力握緊後，美世將視線拉回來，發現花以相當認真的表情看著她。

「大小姐，請您鼓起勇氣吧。久堂大人一直在等著您喲。」

「……！」

「不要緊，您一定做得到。而且，無論結果為何，我這次絕對會在身邊幫助您。」

「謝謝妳，花姨。」

美世緊緊擁住花，就像年幼的少女擁抱母親那樣。

一股懷念的感覺油然而生。過去，每當美世想哭時，為了掩飾這一點，她總會像這樣緊緊抱住花，將臉埋入她的懷裡。輕撫著她的腦袋的那隻手，果然依舊溫暖不已。

「我會……試著……努力看看。」

美世很在意清霞會做出的反應，內心的恐懼也依然相當強烈。

可是，她現在得鼓起勇氣才行。只有一點點也好，只需要能踏出一步──能讓她走出這個房間的勇氣就可以了。

美世緩緩抽回自己的手，發現眼前的視野比方才來得明亮許多。

她匆匆拿起髮帶，然後衝出房間。

這個時間，照理說清霞應該還在值勤，所以不在家。不過，這些瑣碎的事情現在完全從美世的腦袋裡蒸發。她毫不猶豫地拉開起居室的拉門。

「老爺！」

這個嗓音比美世自己想像的還要大。

圓瞪雙眼抬起頭來的清霞，看起來嚇了一大跳。他隨意將一頭長髮披在身後，穿著舒適的家居服，再加上一臉吃驚的表情，感覺是很放鬆的狀態。

光是這樣，便讓美世有種莫名放心的感覺。

「怎麼了？突然這樣大聲嚷嚷。」

清霞有些沒自信地將視線從美世身上移開，這樣的他很罕見。

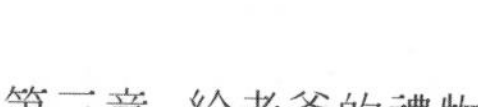

害怕兩個人單獨談話的人，應該是美世才對。但不知為何，現在情況看起來似乎相反。

美世緊握著手中的髮帶，在清霞身旁坐了下來。

「……老爺，我……有一件事……一直沒能和您說。」

因為緊張，美世的心跳變得劇烈無比。冷汗從她的背後滲出，讓她無法好好望向清霞的臉。

可是，來到這裡的她，已經無路可退了。

無論有多麼想逃，她仍得往前進才行。

一如花所說，清霞似乎一直在等待美世主動向他開口。

「我……我……」

「……」

「──我……沒有異能。」

將這句話說出口的下一刻，宛如懺悔的自白便接二連三從喉頭溢出。為了不讓眼淚跟著落下，美世拚命對眼眶使力。

「我連見鬼之才都沒有。出生在齋森家，承襲了身為異能者的父母的血脈的我，是個沒有半點才能的人。」

「……」

「我念書只有念到小學。在娘家一直被當成傭人使喚，所以，我缺乏身為名門成員該有的素養，也做不到任何貴族千金能夠做到的事情。外表看起來又是這樣子……所以……所以我……真的一點都配不上老爺。」

說著說著，美世終究還是忍不住垂下頭，整個身子也跟著蜷縮起來。看起來就像個遭受斥責的孩子。

儘管如此，她仍拚命努力往下說。

「要是您為了這件事動怒，也是理所當然的。基於自己膚淺的想法，我一直刻意向您隱瞞。只因為我……不想……被趕出去……」

雖然不想哭，但淚水已在潰堤邊緣，嗓音也跟著開始哽咽。

「如果老爺要我去死的話，我會去死。要我滾出去的話，我也會離開。現在馬上離開也無所謂。」

「……」

「這是我懷著賠罪和感謝的心意做出來的東西。如果您不喜歡，拿去丟掉或燒掉都沒有關係。」

美世將手中的髮帶放在榻榻米地板上，然後像第一天來到這個家裡時那樣深深一鞠

躬。

「老爺，非常感謝您至今以來對我的照顧。我要跟您說的話已經說完了，可以請您……告訴我……您最後的決定嗎？」

答案沒有馬上揭曉。

片刻的沉默籠罩了兩人。美世沒有勇氣窺探清霞臉上的表情，只能緊閉雙眼，靜待他說出關鍵的那句話。

「——妳打算維持這種姿勢到什麼時候？」

曾幾何時聽過的一句話。

美世猛然抬起視線，清霞有些壞心的微笑映入她的眼簾。

不過，這張臉只在她的眼前出現了一瞬間。下一刻，美世的視野隨即變得一片漆黑。

「妳要是離開這個家，我可就傷腦筋了。因為再過一陣子，我打算正式和妳締結婚約。」

清霞大大的掌心撫上美世的後腦勺，一股淡淡的清爽香氣竄入她的鼻腔，是他愛用的香味。

這時，美世才發現清霞扶著她的腦袋，將她擁入懷裡的事實。再加上「正式締結婚約」這句帶來強烈衝擊的發言，讓她的腦中變得一片空白。

「老……老……老爺……！」

「妳不想跟我繼續在這裡生活嗎？」

（不……不是這樣的！）

現在，美世的心臟因為另一種理由而狂跳不已。原本因為緊張而蒼白的臉頰，現在卻發燙到幾乎要冒煙的程度。

在美世獨自小鹿亂撞的時候，她感覺到清霞因猛然回神而屏息的反應，後腦勺傳來的掌心觸感也瞬間消失。她抬起頭仰望，發現清霞的耳朵有些泛紅。

「我……我……」

因為實在太難為情，美世感到腦中一片混亂。但現在，她想好好將自己的想法傳達出去。為此，她才會鼓起勇氣來到這裡。

「如果您允許的話……我想留在這裡。」

「沒什麼允許不允許的。」

清霞輕笑出聲。

「希望妳留下來的正是我，不是別人。」

「……！」

即使已經明白一切，清霞仍願意需要美世。

感覺喜悅在胸口滿溢的美世，又開始覺得想哭了。倘若過去的痛苦悲傷，全是為了將她引導至這一刻而存在的話，一切都值得了。倘若能跟這個人相伴，美世得到的東西，將會比過去失去的眾多事物還要來得更多。

「美世。」

他呼喚自己的嗓音是那麼輕柔。光是這樣，便讓美世倍感幸福。

「能用這個替我綁頭髮嗎？」

「好的……我很樂意。」

清霞拾起擱在地上的髮帶遞給美世。接過髮帶後，美世來到他的身後跪著。

清霞的頭髮很美，宛如絲綢那樣柔順又光澤動人。幾乎讓美世羨慕到差點發出嘆息。

她感覺自己彷彿在觸碰某種珍貴又昂貴的寶物，因此戰戰兢兢到雙手微微顫抖。

「綁……綁好了。」

美世費了一些功夫，才順利用髮帶將清霞的頭髮鬆鬆地綁成一束。為了讓清霞也能看見髮帶，她將綁起來的髮束往前披在他的肩膀上。

替清霞綁好頭髮後，美世發現自己編織的這條髮帶，比她想像中更適合清霞近乎透明的淺褐色髮絲。

——紫色的髮帶。優雅又不會過於高調，跟清霞十分相配。

捻起髮帶的一端審視後，清霞以微微上揚的嘴角這麼表示。

「很美的顏色。」

（啊啊，怎麼辦。我的心臟跳得好快好快……）

這一定是不同於「恐懼」的悸動吧。

「謝謝，我會很珍惜地使用。」

「好……好的。」

清霞看似很開心的表情，讓美世無法好好回應。現在的她感覺內心被填滿，打從心底認為來到這個家真是太好了、遇見這個人真是太好了。

在灼熱的臉頰慢慢降溫、兩人之間的氣氛也開始變得溫馨和諧時，花前來表示自己差不多該告辭了，於是美世和清霞、由里江一起到玄關目送她離開。

順帶一提，美世去找清霞談時，由里江代替她陪花聊天。兩人似乎一邊喝茶，一邊聊美世的話題聊得很開心。由里江這麼體貼的行為，讓美世感到很不好意思。

「妳要走了呀，花姨……」

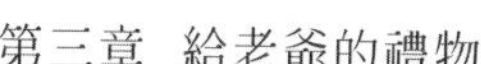

「是的。不過，我好久不曾來到帝都了，所以想到處觀光一下再回去。久堂大人也已經幫我預約了不錯的旅館。」

原來是這麼一回事。

自己實在是受到清霞太多照顧了，感覺無論再怎麼感謝他都不夠。雖然就算開口表達感謝，清霞可能也只會以一句「別在意」結束對話就是了。

此外，剛才花還說是清霞的部下五道開車送她過來。美世暗自打算之後要將這份感謝化為某種有形的事物傳達出去。

「大小姐，我們下次再見吧。我還有好多想跟您說的話。」

「好的，我也想再跟妳見面呢。」

現在，美世跟花之間的關係，已經不再是大小姐和傭人了。但正因為這樣，她們可以相約一起去買東西、或是吃頓飯。隨時都可以這麼做。

「花姨。真的……真的很謝謝妳。如果沒有見到妳、沒有聽到妳說的那些話，現在，我或許還是自己一個人悶在房間裡。」

「能幫上您的忙，是我的榮幸。有機會跟出落得如此美麗的大小姐重逢、說說話，真的是太好了。」

兩人握住彼此的手，露出同樣的笑容。

在她們仍有些不捨鬆開手時，伴隨著愈來愈靠近的引擎聲，一輛轎車駛進久堂家的腹地。

「來了嗎——不好意思啊，五道。」

「不會不會～這是我們事先約好的嘛。」

五道從轎車車窗探出頭來這麼說，看來他會負責送花回去。

美世之前曾看過他一次。這天的五道感覺仍是一副悠哉自適的模樣，要不是身上穿著軍裝，實在看不出他是隸屬於少數精銳所組成的對異特務小隊的軍人。

「有被監視嗎？」

「感覺上沒有。我想，今天的事情應該沒有曝光。」

清霞和五道壓低音量的交談內容，並沒有傳到美世、由里江或花的耳中。

這次，清霞之所以沒有自己開車接送花，是為了不讓糾纏著自己的式神發現花的存在，進而讓她被捲入危險之中。不過，這件事沒必要讓美世等人知道。

「好啦，花阿姨，要出發嘍～」

「好的，麻煩您了。」

雙眼直直注視著花搭上轎車的身影時，美世和五道四目相接，於是向他深深一鞠躬表達感謝。五道露出親切的笑容朝她揮揮手後，便將探出車窗外的腦袋縮回。

「……別露出這種表情。今後，妳可以在自由的時間、自由地去見任何人。」

目送轎車離去時，清霞伸出手搭在美世肩上這麼說。

（我露出了這麼沮喪的表情嗎？）

美世不解地以雙手觸摸自己的臉頰，但還是搞不清楚。

「非常謝謝您，老爺。」

「別在意。」

包含了美世所有心意的「謝謝」，似乎順利傳達出去了。

儘管清霞的回應很簡短，美世仍滿足得不自覺露出笑容。

◇◇◇

「……嘖！」

看到被監視對象完全甩開，最後只能返回施術者身邊的鳥型式神，辰石實憤恨地一把將它捏爛。

一開始，在式神全都被燒掉那次之後，他試著拉開式神們和久堂清霞之間的距離。採取這樣的做法後，理應能確實達到監視的效果。然而，久堂清霞總是會巧妙地隱藏最關鍵的部分，讓實感覺自己彷彿被他玩弄於股掌之間。

比起清霞，實更想得知美世的現況。然而，他的式神卻從未成功捕捉到美世的身影。

『叔叔，請聽我說。姊姊她現在還厚顏無恥地賴在久堂家不走呢。雖然從她那副模樣看來，八成是被當成傭人對待就是了。』

這陣子造訪辰石家時，香耶曾這麼埋怨過。至今，實尚未取得這番話的相關證據。實判斷這個被寵壞的嬌貴千金或許能派上一些用場，所以在香耶跟幸次締結婚約後，他便時常陪她閒聊。結果香耶果然帶來了不少有助益的情報。

『但看到幸次先生出面袒護姊姊，我那天的心情實在不怎麼好呢。』

可是，我看見一位更迷人的公子了喲。

讓香耶雙頰泛紅、以陶醉的表情這麼敘述的人物，想必就是久堂清霞。

他知道那個年輕小伙子曾經造訪齋森家。雖然不清楚清霞跟齋森家當家聊了些什麼，但從香耶的說法聽來，清霞或許是因為齋森家將美世這般窮酸落魄的女兒許配給他，而前來抗議的吧。

齋森家內部的氣氛正在持續惡化，或許是因為清霞向他們要求了一筆賠償金。

（打從一開始，就應該把美世交給辰石家才對。）

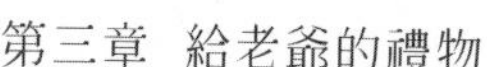

真的是愚蠢至極。實沒有檢討自己的言行，只是一味在內心辱罵齋森家。

（不過，這樣終於……）

等到美世被久堂家趕出來，就出面收留她，迎接她成為辰石家的媳婦。這樣一來，感覺一切事物都會回到正確的軌道上。

壓根沒想到清霞打算跟美世正式締結婚約的實，為自己的計畫竊笑起來。

◇◇◇

在美世和花重逢後，又過了一星期。這天下午，迎面吹來的風十分涼爽，是一段舒適宜人的初夏時光。

將腰帶綁緊後，美世有種自己重獲新生的感覺。

她穿在身上的和服、腰帶和小配件都是全新的，而且也是品質一流的高級品。

（是不是……有點像呢？）

美世望向鏡子，倒映在裡頭的身影穿著一襲櫻粉色的和服，看起來似乎跟曾幾何時出現在夢中的母親有幾分相似。或許是因為氣色變得比較好了，儘管身型依舊消瘦，但她看起來不再病懨懨的，頭髮的光澤也恢復到勉強能見人的程度。

收到和母親遺物的顏色相似的這套和服時，美世當下湧現的感動，想必是她這輩子都無法忘懷的。

光是清霞替自己訂製和服一事，就已經讓她開心不已了，沒想到他還特地思考哪種色系適合美世，然後相中了這個櫻粉色——這些是「鈴島屋」的桂子偷偷告訴美世的情報。

聽到這裡，美世甚至有股衝動，想要蠻不講理地逼問清霞「您到底要讓我開心到什麼程度才會滿意」。不過，實際上，她只是開心到連一句話都說不出來而已。

之後，每天帶著傻笑眺望這襲和服的她，在他人眼中一定很詭異吧。

今天，她會以這身裝扮招待來家中作客的五道。當然，這是為了答謝他前些日子的協助。

雖然有先向清霞詢問過五道喜歡的菜色，而且也準備好了，但因為美世並沒有和本人見過幾次面，所以實在沒什麼自信。

（希望五道大人能吃得開心就好。不過，這樣一個人煩惱也無濟於事呢。）

美世依照由里江指導她的方式，對著鏡子上了淡妝後，便起身匆匆趕往廚房，為宴會的最終階段做準備。

「哎呀～真令人期待耶。」

駕駛轎車返家的路上，聽到一旁的五道以輕挑的語氣這麼呢喃，清霞不禁對他投以犀利的視線。

「謝禮的話，我應該已經照著先前的約定，讓你去居酒屋酒足飯飽一番了吧？」

「美世小姐想必會成為一位很能幹的好太太呢。」

「別叫得這麼親暱。」

聽到部下隨意以「美世小姐」稱呼自己的未婚妻，清霞有些煩躁。

「您怎麼啦？在吃醋嗎？」

「怎麼可能啊。我只是一瞬間湧現想要施展暴力的情緒罷了。」

「那就是在吃醋了嘛！」

我這條小命恐怕要葬送在魔鬼上司的手裡嘍……五道裝模作樣地這麼悲嘆。他現在完全是得意忘形的狀態。清霞差點想要在半路趕他下車。

不過，聽到美世表示想招待五道到家中作客，他著實吃了一驚。

畢竟，美世長年被關在齋森家的宅邸裡，幾乎不曾和他人交流往來，再加上過去的種種經歷，讓她變得十分妄自菲薄。因此，無論理由為何，清霞實在很難想像她會主動要求和某人見面。

美世的外表已經慢慢恢復成一般健康人的狀態，再加上未來的安排也已成定局，倘若這些因素能夠讓她提升對自己的評價，對清霞來說，也是值得開心的一件事。

「我們有甩掉監視的式神嗎？」

「不成問題，我怎麼可能在這點程度的事情上失手呢。」

五道轉頭望向後方。

每天不厭其煩地尾隨在清霞後頭的式神，今天倒是不見蹤影。想要掩人耳目並不簡單，然而，式神畢竟只是一種靠不住的人工物。想混淆它們的視聽，可說是易如反掌。

而且，清霞也在自宅四周設下了驅趕式神的結界。之前會委託五道去接送花，也只是慎重起見的做法罷了。

「嗯，這也是理所當然的啦。我問了個多餘的問題呢。」

這麼回應後，五道以一句「話說回來」繼續往下說。

「最近的異能者，水準真的都很糟糕耶。」

「畢竟異形的數量也愈來愈少，會演變成這樣，或許也是很正常的。」

在西方文化進入日本後，帝國的科學技術一年比一年發達，主張異形不存在的人也跟著增加。再加上異形的數量驟降，負責討伐的異能者幾乎要因此飯碗不保，也難怪異

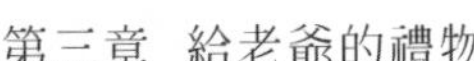

能者的人數跟著減少。

「異形是眼睛產生的錯覺，是源自人們想像的幻覺——學說好像是這樣主張來著？不過，基本上確實也是這樣沒錯啦。」

「是啊。」

異形之所以存在，是因為人們把原因不明的異常現象想像成「是這種怪物幹的好事」，並深信不疑。一旦有大量的人懷抱著同樣的想像和恐懼，這樣的想像，就會開始獲得力量和形體。

所以，針對原因不明的異常現象，倘若人們明白可以用某種科學理論加以說明的話，恐懼就會減弱，異形也會因此失去力量。

「雖然工作量減少，我覺得很開心啦～」

基於這樣的現況，出身家系說不上強大的異能者，實力會不斷衰退，或許也可說是必然的結果。

即使是被譽為現今最強異能者的清霞，跟往昔的異能者相比的話，恐怕也算不上太優秀。

「——到了，快下車。」

這麼閒聊的時候，車子也抵達了清霞的自宅外頭。

清霞把讓上司負責開車、自己則是坐在副駕駛座淨說些廢話的五道推下車。

在一陣「嗚嘎！」的奇妙慘叫聲之後，五道的抗議傳來。

「等等，拜託您別這麼粗魯啦～我要跟美世小姐告狀喔。」

「是嗎，那就沒辦法了……有時候，滅口也是必要的做法。」

「請您饒過小的吧……」

五道的臉色唰地變得慘白。明明只是配合他說笑，這樣的反應未免也太逼真了。看著這名演技精湛的部下，清霞不禁嘆了口氣。

美世一如往常地在玄關恭候著。沒看到由里江的身影，大概是美世讓她先回家了吧。

「歡迎回來，老爺。五道大人，歡迎您。」

跪坐在地，以手指輕觸地板朝兩人緩緩鞠躬的她，今天打扮得十分動人。

前幾天，清霞以髮帶的回禮為藉口，半強迫美世收下一整套和服。一如清霞所想，他所選擇的櫻粉色非常適合美世。

氣色變得比較好的雙頰透出一抹嫣紅。經過仔細梳理後鬆鬆紮起的黑色長髮，泛著豔麗水潤的光澤。從衣袖探出來的手腕，雖然仍纖細到彷彿一不小心就會折斷，但已經沒了以前那種營養不良的感覺。

正在逐漸蛻變的美世，讓清霞的視線無法從她身上移開。彷彿是從路邊撿起的小石子，經過打磨之後，露出了埋藏在裡頭的碧玉——一如「鈴島屋」的桂子所言。

雖然令人不悅，但關於這點，清霞恐怕還得感謝讓她嫁來久堂家的齋森才行。

「老爺？您怎麼了嗎？」

「不……很漂亮呢。這副裝扮很適合妳。」

不小心將腦中的想法脫口而出的瞬間，清霞隨即感到極度難為情。

（我在說什麼啊……）

看到美世在慢了半拍後變得滿臉通紅的反應，更讓他有種手足無措的感覺。

一旁的五道則是露出「我可以回去了嗎～」的沒好氣表情。儘管很想踹他一腳，但可不能在美世面前做出這種行為。無法依循自己的心自由行動，實在是很棘手的狀況。

「那個，老爺……真的……非常感謝您，我非常……喜歡……這個顏色。」

「那就好。」

拜託桂子早些完成這套櫻粉色和服，果然是值得的。雖然圖樣跟現在的時節有些不符，但看到美世如此開心，這點小事也算不上什麼了。

「啊，真是萬分抱歉，五道大人！您快請進吧……！」

此時，美世彷彿才終於察覺到一旁的五道的存在，於是急急忙忙打開門。

五道則是罕見地發出幾聲「哈哈……」的乾笑，然後帶著一雙死魚眼踏進玄關。

移動到為了接待賓客，而打理得乾淨整潔的起居室後，清霞和五道一坐下來，宴會也宣告開始。

「唔哇啊～好好吃喔。」

「請您儘管享用喲。」

餐點陸陸續續被端過來。或許是因為菜色種類繁多，所以每一道都調整成比較少的分量。裝在小碟子和小缽裡的，是各種常見的燉菜和醃菜。諸如此類偏重口味的餐點，不但很下酒，也讓人食指大動。

五道每品嘗一口，就會發出滿心感動的讚嘆聲。

「你住在老家，應該每天都能吃到很美味的東西吧？」

「不不不，這您就不懂嘍～隊長。老家廚師做出來的飯菜，跟這種家庭料理或居酒屋餐點的純樸風味，各有不同的魅力呢。」

「……」

是這樣的嗎？

仔細想想，清霞每天至少會吃兩餐美世或由里江所準備的飯菜，所以，他的味蕾說

不定更接近一般老百姓。

儘管自幼就被多到令人厭倦的高級品圍繞著長大，老實說，清霞覺得現在的生活更適合自己。

「五道大人，我替您斟酒。」

「啊，謝謝妳。」

聽到自己準備的飯菜被稱讚，美世有些害羞地替五道斟酒，然後朝他一鞠躬。

「五道大人。前幾天承蒙您照顧花姨，請容我在這裡再次向您道謝。」

「我只是開車接送她而已啦。」

「可是，我聽說您是老爺可靠的左右手。這樣的話，我那天能和老爺好好說話，也是託您的福。」

未婚妻罕見地流暢說完一段話的模樣，看起來炫目不已。

是她有所成長了嗎？抑或這才是原本的她？不管怎麼說，這讓清霞的心情變得還不錯。他仰頭喝下杯中的酒。

不過——

「美世小姐……！我是第一次聽到別人對我說這種話呢。我好開心喔。妳離開那個魔鬼隊長，跟我結婚吧！」

「咦……」

「喂！」

實在無法裝作沒聽到這句荒唐發言的清霞，忍不住出聲怒斥。

「五道，你這傢伙……」

美世的樣貌並不差，又相當擅長做家事，撇開有些過於自卑的個性不談的話，條件其實很不錯。雖然不願去想，不過，就算她變成了別人的妻子，應該也同樣會備受寵愛吧。

光是試著想像，就讓清霞內心一陣騷動。

「我……我是開玩笑的啦。呃，殺氣！請您不要散發出這樣的殺氣啦，很危險耶！」

再說，還不是因為隊長平常都不誇獎我——看著部下頂著一張蒼白的臉這麼拚命辯解，原本對他投以冰冷視線的清霞，突然一瞬間放鬆下來。

因為他聽到美世以有些顧慮的嗓音這麼開口。

「那個，五道大人。很感謝您的心意，但是……我還是想跟老爺在一起，所以……真的很抱歉。」

原本只是想開個輕鬆的小玩笑，但看到上司的未婚妻認真苦惱起來，五道也跟著慌了。

「嗚！就……就是說啊～我的玩笑開過頭了呢……」

活該——在內心這麼咒罵的清霞應該沒有錯吧。所謂禍從口出就是因為五道老愛說些得意忘形的發言，才會變成這樣。

最重要的是，美世那句「我還是想跟老爺在一起」的發言，著實令人開心。

清霞發現，在內心某處，他似乎懷抱著「只要能給自己一個歸屬之處，無論將來的夫婿是誰，美世或許都無所謂吧」這種苦澀的想法。美世的心之歸屬，只是微不足道的小事。但清霞仍不知不覺地在意起來。

一開始，美世或許也只是想尋求一個棲身之處而已。但現在，她願意收下清霞擅自為她訂製的和服，並穿在身上，就代表她應該願意接受清霞才對。

在清霞獨自沉浸於感動的氛圍之中時——

「咦咦！那麼，老爺甚至連軍中的上級長官……」

「就是啊。光是聽到久堂清霞這個名字，就會嚇得直打哆嗦的將官，似乎也不少喔。雖然我一點都不想知道隊長究竟對他們做過什麼就是了～」

「……喂。」

不知不覺中，五道和美世完全混熟了，現在兩人聊得有說有笑。不過，其中幾句令人無法忽略的發言，讓清霞回過神來。

「隊長釋放出殺氣的時候，看起來簡直跟真正的厲鬼般若沒兩樣呢。能當著隊長的面發表不同看法的人，大概就只有我跟直屬長官大海渡少將閣下吧。總之，很少人有膽子這麼做。」

「……五道。」

「對異特務小隊的鍛鍊課程，是帝國陸軍裡頭屈指可數的嚴苛喔。啊，當然，這是因為隊長老是下達一些沒人性的指令的緣故。但因為這樣，即使面對異形，我們也不會心生恐懼，可以好好應戰呢～」

「……五道。你那張嘴真的很能說啊。」

「噫～！」

就這樣，宴會之夜在熱熱鬧鬧的氣氛下落幕。

五道返家後，洗完澡的清霞在走回起居室的途中，察覺到不尋常的現象。

家裡非常安靜。儘管美世也在，卻聽不到半點聲響。她已經收拾完宴會的碗盤用具了嗎？

廚房的燈沒有點亮，也沒有生著火。

那麼，美世大概還待在起居室、或是回自己的房裡了？不對，剛才經過美世房間外頭時，裡頭感覺沒有人，所以她不在房裡。

皺著眉頭朝起居室走去時，一個斷斷續續的嗓音傳入耳中。

「……不……要……母……請……別這樣……」

是美世的聲音。然而，比起跟人對話，她聽起來更像是在說夢話。

匆忙拉開拉門後，清霞發現美世趴在移到起居室一角的書桌上睡著。想必是因為疲勞而打瞌睡吧。這並非什麼不可思議的事，然而──

這個空間裡，感覺有曾經使用過異能的──有如殘渣般細微的氣息存在。

（這應該……不是我的錯覺。）

在他入浴期間，不可能有其他人來訪。因為這樣的話，清霞理應馬上能察覺到。五道剛才參加晚宴時並沒有使用異能，當然清霞本人也沒有。

這感覺有些詭異。是某個不存在的人物，巧妙地施展了連清霞都無法察覺到的異能？這種事有可能發生嗎？又或者──

清霞隨即把這個問題拋諸腦後，將注意力轉移到睡著的美世身上。

「……不要……求……您……」

從她的口中道出的，是哀求的字句。靜靜朝美世走近後，清霞發現她的臉頰上滿是淚水。儘管雙眼仍緊閉著，不停呻吟的表情卻很痛苦。

倘若美世睡得很安詳，清霞便不打算勉強叫醒她，但現在看她這麼痛苦，他無法置之不理。

他將手放在美世的肩頭，輕輕搖她的身體。

「喂……美世。喂，快醒醒。」

「……別……拜託……不……」

即使清霞出聲呼喚，美世仍繼續被惡夢折磨著。

「喂！」

再也看不下去的清霞，忍不住以較為強硬的語氣呼喚。隨後，美世終於停止說夢話，睡眼迷濛地抬起眼皮。

「……嗯……」

「振作點……妳還好嗎？」

「咦……咦？老爺……？」

總之，美世看起來似乎沒什麼大礙。清霞鬆了一口氣。

然而，既然有不明的異能施展過的痕跡殘留在這裡，他就不能大意。

「嗯，妳剛才一直在說夢話啊，現在覺得怎麼樣？」

「呃……呃……」

緩緩抬起上半身的美世，或許尚未完全清醒過來，無法理解現在是什麼情況，因此只能以困惑的表情回應清霞。她臉上的淚痕，讓清霞心疼到不自覺瞇起雙眼。

「妳做惡夢了嗎？」

「夢……」

慢了半拍後，美世瞪大雙眼，淚水再次從她的眼眶不斷溢出。

那跟她第一次在清霞面前流下的淚水不同。現在的美世，以雙手掩住自己痛苦扭曲的表情，將細瘦的身子縮成一團哭泣。光是看著這樣的她，便讓清霞難受不已。

在大腦運作之前，清霞便伸出手將不停顫抖的她緊擁進懷中。

「老……老……老爺……」

「無所謂。妳想必做了很討厭的夢吧，妳可以這樣哭到心滿意足為止。」

從美世剛才說的夢話聽來，八成是跟她還待在齋森家宅邸時的生活有關的夢境吧。因為夢話之中也出現了「繼母」、「香耶」等字眼，所以想必不是一場好夢。

「我們已經和彼此締結婚約了。之前也說過，我希望我們能變成可以坦率互道心中想法的關係。妳可以更仰賴、更依靠我一點，也可以把自己的情緒全都表現出來，然後向我撒嬌。像這樣支撐彼此，才是所謂的夫妻吧？」

自己這番話，究竟有多少能為美世所接受呢？清霞這麼思考。

至少，他認為他們都已經對彼此敞開心房了。然而，美世內心所受的傷，必定比他想像的還要深許多。那是無論清霞再怎麼安慰，都無法輕易抹去的傷痛。

（我希望她能擺脫這樣的痛苦。）

在這裡，沒有任何人會傷害美世。就算久堂家的親戚之中、或是清霞身邊出現這種人，他也絕對不打算讓對方靠近美世一步。

「所以，妳想哭就盡量哭吧。等到淚水流乾後，我希望能再看到妳的笑容。」

「……！」

美世依偎在清霞的胸口啜泣。清霞伸出手輕撫她的頭髮。倘若能讓這個女孩停止哭泣、能夠多少減輕她的痛苦悲傷，要清霞像這樣擁她入懷多少次都可以。

被自己環抱在臂彎裡的這個身軀，實在太纖細、嬌小又弱不禁風。倘若沒有好好守護，彷彿就會輕易破碎瓦解——

維持這樣的姿勢片刻後，美世哽咽著向清霞斷斷續續地說明自己的夢境。

在夢中，繼母和繼妹當著美世的面，把她已逝母親的遺物弄壞、燒毀。美世哭著哀求她們住手、把那些遺物還給自己，但兩人卻只是不停嘲笑她。

美世沒有說這是實際發生過的事情，不過，清霞馬上推敲出過去想必發生過類似的情況。

「妳一定很難受吧。」

不只是這場惡夢。在失去疼愛自己的傭人花之後，一名還不到十歲的少女，只能獨自一人摸索生存下去的方式。想到美世經歷的這段時間，清霞便不禁這麼輕聲開口。

他只能從書面報告中的情報、以及實際對齋森家的印象，來想像美世度過的這段艱辛歲月。不過，無論得花多久時間，他都想相信自己能治癒她受傷的心。

「老爺。我真的……可以像這樣……一直……待在您身邊嗎？」

「當然了。妳必須待在這裡，直到死去為止。」

面對抬起臉來的未婚妻，清霞對她露出自己竭盡所能的溫柔微笑。

「我之前才剛說過吧？要是妳不在，我可就傷腦筋了。」

「……就算我是這麼無才無能的人，也沒有關係嗎？」

「嗯，就算這樣也無所謂。不過，在我眼裡，妳並不是什麼無才無能的人就是了。」

聽到這裡，眼中仍泛著淚光的美世紅著臉移開視線。

「我……」

「？」

「我還是覺得自己不是能讓老爺如此看重的人。可是，可以的話，我想一直留在您身邊，幫上您的忙。」

「嗯。」

「所以，我……會更努力的。我會讓自己盡可能在您的身邊留久一點、試著讓自己成為您的助力。」

「……嗯，就這麼做吧。」

清霞很明白，這是好幾年以來都持續否定自己的美世，現在能做出的最大限度的積極發言。馬上要她變得有自信是不可能的事情，因此，他希望美世能像這樣慢慢往前進，相信她自己、以及即將成為自己丈夫的清霞。

（話說回來，那股異能的氣息究竟是……？）

方才感受到的氣息，現在已經減弱到幾乎完全感受不到了。

突然浮現在腦中的某個可能性，讓清霞皺起眉頭。

如果……如果說，異能是造成美世做惡夢的原因，那麼，這種異能的持有者，除了薄刃家的成員以外，不可能是其他人。

隔天早上，和清霞面對面時，美世朝他跪坐鞠躬的動作變得更加拘謹。

沒等未來的丈夫洗完澡，就自顧自地打起瞌睡，甚至還因為做惡夢而難看地大哭起來，整個人埋在清霞的懷裡撒嬌。

就算清霞要她坦率表露自己的情緒，這樣未免也太誇張了。身為年紀已經足夠踏入婚姻的一名女性，實在很難為情。

而且，她還不小心把自己來到這個家之後，每晚都會做惡夢的事情說溜嘴，又讓清霞額外為她擔心了。

板著臉沉默下來的清霞真的很可怕。看到他這樣的表情，確實會想用「冷酷無情」四個字來形容這個人。雖然他應該不是在為了美世的失態生氣，但這樣的清霞，還是讓美世忍不住渾身打顫。

勉強熬過尷尬不已的早餐時段後，到了清霞出門的時間，美世取出一個她事先準備好的布包。

「……所以，還請您收下這個。」

這是美世懷著道歉的想法親手做的——

「……便當？」

「是的。」

區區一個便當，究竟能否用來當成賠罪的物品，美世自己其實也很懷疑；但在由里江的建議下，她還是準備了。

便當盒用的是這個家裡原本就有的東西。不過，裡頭的飯菜是美世親手做的，包裹在外頭的布巾，也是美世親手縫製而成。因此，仍可以說是包含她滿滿的心意。

「謝謝。那我收下了。」

清霞露出笑容接過便當後，便坐上轎車離開了。不知道是不是錯覺，美世總覺得他看起來心情比平常更好。

「我得更努力才行。」

她想做能讓他開心的事，她想以未婚妻的身分從旁支撐清霞。

努力地把自己能做到的事情一件一件完成的話，將來有一天，自己是不是就能成為配得上他的妻子了呢？

第四章　反抗的決心

一個出乎意料的偶然，讓辰石實目睹了那個光景。

現在，監視久堂清霞，已經成了他每天的例行公事。在那個當下，他一如往常地窩在宅邸的書齋裡，讓自己和派遣出去的式神視覺同步後，仔細地觀察市街上的每個角落，以便取得能夠搶走美世的有利情報。

一開始，實還以為是哪裡出了錯誤，一度懷疑起自己的雙眼。因為，他所目睹到的光景，跟他的印象、以及香耶所透露的情報，幾乎完全相反。

無論是表情、穿著打扮或是整個人散發出來的氛圍……都出現令人震驚的巨大變化的美世。

這跟實想像中的事態發展不一樣。終於察覺到這樣的可能性之後，實幾乎想要仰天長嘯「為什麼事情會變成這樣」。

光是回想，幾近沸騰的怒意便跟著湧現，實煩躁地以手搔頭。

對方的層級遠遠高過自己，無論怎麼做，都不可能與其相抗衡。失去冷靜的實，甚至連這麼簡單的道理都遺忘了。

他毫不猶豫地將香耶找來，這個女孩採取的行動，總是能完全符合他想像中的藍圖。現在不是顧忌體面或形象的時候了。

先發現那個寶物的人不是久堂，而是自己才對。

他想要薄刃的血脈、薄刃的異能，這些都是為了讓辰石家重拾榮耀。

「叔叔，您有急事找我？怎麼了嗎？」

香耶大方地在皮革長椅上坐下，疑惑地歪過頭問道。實對這樣的她露出笑容。

「……其實，我剛才看到了令人難以置信的光景。」

「咦？」

「妳姊姊的現況——香耶，我猜妳或許也想知道吧。」

這句話一直留在心中。

『香耶，妳絕對不能變得跟那東西一樣喲。』

這是母親過去一而再、再而三對她重複的一句話。

在齋森家的宅邸裡，每當看到自己同父異母的姊姊，母親總是會伸出手指著她，以

「妳不能變得跟那東西一樣。這種無才無能的貨色，才不是齋森家的女兒」告誡香耶。

一如發言內容，母親總是要求香耶必須站在「上位」。

母親對於香耶在學習方面的失誤也很敏感。偶爾表現失常時，母親便會刻意向她說明大家是如何在背地裡說繼姊的壞話，並以「再這樣下去，妳會變得跟那個繼姊一樣」警告她。

在這樣的影響下，香耶也開始認定自己必須永遠站在「上位」，繼姊則只能屈就「下位」。繼姊擁有的東西，香耶也必須擁有，而且還得是更好的東西才行。

所以，未來的公公辰石實將她找來，告訴她的那個事實，香耶完全無法接受。

（騙人……騙人……這都是騙人的……！）

那個姊姊，竟然會穿著上等的和服走在街頭，一旁甚至還有傭人隨侍？

光是聽到這樣的口頭敘述，實在令人難以置信。

香耶展現出見鬼之才後，父親曾指導她一些術法。她返回齋森家宅邸，在自己的房裡開始施展這種術法，以拙稚的技巧匆匆做出了式神。

擁有見鬼之才，代表此人擁有成為施術者最基本的能力。不過，因為香耶是女人，不會接觸到異能相關任務，所以她並沒有太熱中學習。

儘管如此，派遣式神外出，讓自己的視覺和它同步這點事情，香耶還做得到。

她拉開房間的和紙拉門，把用小紙片做成的式神送出去。

（這怎麼可能呢？）

香耶以白皙的手指捏爛殘留在掌心裡的多餘紙張。

幾個星期前，她才剛目睹繼姊穿著破破爛爛的舊衣服的模樣，並因此感到放心。

要是繼姊的這門婚事進行得很順利的話呢？

之前，在宅邸裡跟自己擦身而過的那名清秀男子，據說就是久堂清霞。

上等的和服、讓眾多傭人聽令於自己的權力、以及眉清目秀的夫婿。這些竟然全都會變成那個身為次級品的繼姊所有。

（不行，我不要這種事情發生。）

其實，香耶也隱約察覺到繼承齋森家一事，並沒有表面上看起來那麼美好。

去女子學校念書時，只要稍微跟其他人交流，馬上就能明白。提到異能者家系時，會被列舉出來的，除了首席的久堂家以外，就只有其他少數幾個家系。無論是齋森家或辰石家，都不會是受到眾人仰賴或期待的對象。

是因為過去累積下來的財產和地位，才能讓這兩家勉強躋身異能者家系的行列。就只是這點程度的能耐罷了。

在世人看來，齋森家跟辰石家都已經開始沒落了。就算繼承了齋森家，也不會有能

夠悠閒度日的未來在等著香耶。就連拿齋森家跟迎娶繼姊的久堂家相比，都是不知天高地厚的行為。

齋森家和幸次，都不是香耶真正想要的東西。

比起這些，適合成為久堂家當家之妻的人，不是那個一無是處的繼姊，而是自己才對。

（那樣的姊姊，竟然會搶走應該屬於我的東西。這樣未免太奇怪……啊！）

在式神準備離開熱鬧市區的那個瞬間。

在人潮之中發現看似美世的人物，讓香耶的心跳幾乎一瞬間停止。

「這是騙人的吧？不是吧？這個人不可能是姊姊……」

撐著純白的可愛陽傘，身穿看起來高級無比的天藍色和服，和前陣子那名傭人有說有笑地走在街上的貴婦人。

她看起來簡直完全變了一個人。原本瘦弱得不堪入目的身子，現在看起來健康許多，卻同時保有纖細柔弱的氣質。因為受損而變得粗糙、蓬亂的髮絲，現在則是豔麗到能夠反射陽光的程度。

過去那個不起眼、寒酸又陰沉的繼姊，已經不存在於任何地方了。

「那個姊姊……怎麼可能變成這個樣子呢……」

香耶茫然地這麼叨念，驅使式神繼續尾隨那名楚楚可憐的貴婦人。不過，在途中發現對方的目的地是對異特務小隊的值勤所之後，香耶便讓式神停駐在一段距離外的地方。

樣貌神似繼姊的貴婦人來到值勤所外頭，和守衛說了幾句話之後，就這樣在大門旁邊等著。

片刻後，從值勤所裡頭走出來的，確實就是香耶過去在齋森家宅邸驚鴻一瞥的那名美男子。然而，不知何故，他的表情和那時有著極大的差異。

不同於前陣子光用視線就能殺死人的那種冰冷氛圍，現在的他，臉上露出柔和的笑容。即使是透過式神的視覺，也看得出來他對那名貴婦人懷抱好感。

而貴婦人的臉頰也微微泛紅，表情看起來相當自在放鬆。

兩人和睦地對話的模樣——不管怎麼看，都是一對感情融洽的戀人。

「……為什麼？為什麼！」

因為過於震撼，原本便不穩定的式神一下子失去力量，浮現在香耶腦中的光景也跟著消失。

太奇怪了！一切都太奇怪了！

她回想起方才目睹的姊姊的身影。

那只是一具空殼罷了。無論再怎麼雕琢自己的外表，姊姊仍毫無內涵可言。所以這樣沒有任何意義——香耶試著這麼說服自己。

長年以來過著等同於下人的生活，沒有異能和見鬼之才的她，什麼都做不到。久堂家那個男人，光看就知道是個極其完美的人物。姊姊不可能勝任他的妻子這樣的地位。

香耶比姊姊要來得漂亮。更重要的是，她比姊姊優秀。以她的條件，絕不可能滿足於「家道中落的齋森家的女主人」這樣的身分。

『香耶，妳絕對不能變得跟那東西一樣喲。』

沒錯。所以，自己絕不能屈就「下位」。

（適合成為久堂家當家之妻的人，是我才對！）

香耶衝出自己的房間，闖入父親的書齋。

她的父母相當溺愛自己。所以，現在提出交換未婚妻的要求，他們應該也會接受。

然而，香耶這樣的預測，卻遭到無情的背叛。

「不行。妳就乖乖學習如何當個好妻子吧。」

「為什麼！」

父親皺眉露出苦澀的表情，無法接受這種答案的香耶感到愈來愈煩躁。

「沒有為什麼，妳就忘了美世的事吧。」

「我現在不是在說這種事情！父親，適合嫁到久堂家的人，應該是我才對吧？」

「……香耶，要是這樣鬧到發慌，妳去見見幸次如何？」

「父親！」

之後，無論她再說什麼，父親都不願回應。

這樣的情況，可以說是頭一次發生。每當香耶提出任性要求，父親一開始雖然不會馬上允諾，但最後總會答應她，但現在——

「香耶？」

走出父親的書齋，來到走廊上的時候，香耶被碰巧造訪齋森家的幸次喚住。

「幸次先生。」

一瞬間，她有些猶豫。這名未婚夫，基本上是站在香耶的繼姊那邊。倘若跟他說自己看不順眼繼姊變得幸福的模樣，因此想從中作梗，他絕對會表示反對。

思考至此，香耶發現了一件事：幸次對美世懷抱著好感。既然這樣，倘若可以交換未婚妻，對他來說應該也是美事一樁。

「幸次先生，那個呀——」

你想不想跟姊姊締結婚約？

或許是無法理解香耶這個問題吧，幸次皺起眉頭，反問她「什麼？」

「我是說，能跟姊姊訂婚的話，你也會比較開心吧？」

「我不懂妳在說什麼。」

「跟姊姊比起來，明顯是我比較適合久堂大人之妻這個位子，所以，我打算和姊姊交換，這麼做絕對會比較好。你願意協助我吧？」

「拜託妳別說這種傻話了。」

以嚴厲的語氣這麼回答後，幸次的眼中隨即浮現早已放棄的神色。

看到他這樣的反應，香耶焦急起來。

「為什麼？比起我，你更喜歡姊姊對吧？」

「問題不在這裡，岳父有答應這件事嗎？」

「……」

「若是家長不允許，就不可能這麼做。」

「……連你都這麼不顧我的感受嗎？幸次先生！」

繼父親之後，看到未婚夫也對自己這般冷淡，香耶再次嘗到失望和悲傷的滋味。

（不過，對了。如果是辰石叔叔……）

實總是願意聽香耶說話，也會告訴她繼姊的近況。所以，他想必願意協助推行這個計畫。香耶感到心情輕鬆了幾分。

不可能會沒有半個人和她站在同一陣線。因為，只要香耶依舊如此優秀，比起美世，大家必定會更渴望她。

——在稍早的時刻。

「美世大人，您準備好了嗎？」

「是，我現在就出去。」

聽到由里江的呼喚，美世走到外頭來。雖然現在還是上午的時段，但陽光已經變得有些強烈。

昨晚，因為工作繁忙，清霞沒有返家，而是在值勤所留宿一晚。判斷他應該累積了不少疲勞的美世，打算送一些親手做的飯菜過去，希望這樣能多少幫上清霞。

根據由里江和五道的說法，對清霞來說，在事務繁忙時少吃一餐，似乎已經是家常便飯。現在把便當送過去的話，就能讓清霞在中午前收到，時間上來說應該剛好。

「少爺一定會很開心的。」

「是這樣的話就好……」

美世將包裹著便當的布巾揣在懷裡，確認自己的打扮有沒有不妥之處。

在她收到那件櫻粉色和服的幾天後，清霞替她採購的其他品項，陸陸續續從「鈴島屋」寄來家中。

除了適合在接下來的時節穿著的單衣、以及布料較為薄透的和服以外，還有成套的襯衣、腰帶和小配件。這些衣物在空間不算大的室內堆成小山，讓美世看得傻眼。

這堆小山的總價，讓美世害怕得不敢去想。不過，全都收進櫃子裡就太可惜了，所以她開始一件件拿出來穿戴。

順帶一提，她今天穿的是有著蔚藍底色、加上點綴得恰到好處的藤花圖樣的精美和服。腰上則是繫著淡黃色的腰帶。

「來，美世大人。請您帶上這個吧。」

「好可愛……」

「因為這陣子的陽光慢慢變強了呢。少爺交代您務必要使用。」

由里江遞給她的，是一把十分可愛的純白蕾絲陽傘。感覺搭配西服或和服都很適合的這把陽傘，想必又是價格不菲的一項日用品。

撐著這把陽傘走在街上的話，看起來必定會像個優雅的富家千金吧。然而——

「……我是不是讓老爺為我花了很多錢呢……」

久堂家除了坐擁高額資產以外，身為士官的清霞，在軍中的地位也不低。要說金錢方面的煩惱——雖然美世也明白，若非發生過於極端的事情，久堂家應該不至於為錢傷神，但就算這樣，她還是忍不住擔心起來。

光是讓清霞買和服給自己，就已經十分足夠了，但最近，他總是會動不動就找藉口替美世添購食衣住方面的用品、或是生活雜貨。

若是出身於一般富裕家庭的千金大小姐，想必會以理所當然的態度收下這些禮物吧。不過，不巧的是，美世跟這樣的人生體驗無緣。所以，她實在對清霞有種愧疚感。

「哎呀，雖然我也不太清楚，但不要緊的。因為少爺平常就是鮮少用錢的人呢。來，我們趕快出發吧。」

「好……好的。」

由里江隨意帶過這個話題後，從美世背後輕推一把，她便緩緩踏出步伐。

來到市區後，即使不願意，美世仍不禁回想起遇到香耶那天的事。

她心裡多少仍有「要是今天也遇到香耶怎麼辦……」的恐懼。無論現在過著多麼平穩的生活，待在娘家的那段回憶，並不會輕易從腦中褪去。一旦和香耶碰到面，她或許又會因為恐懼而變得無法動彈。

不過，美世的身邊現在多了能夠成為內心寄託的人，絕對會站在她這邊的人。光是想到這一點，總是籠罩著她的不安和恐懼便會減少幾分。

「您好。」

跟站在值勤所外頭的守衛打過招呼後，對方開口詢問美世的身分和來意。

雖然講話有點吞吞吐吐，但美世仍好好說明了自己是清霞的未婚妻、以及今天在傭人的陪同下送便當過來給他一事。

「未婚妻……我明白了，我現在馬上入內報告。」

這麼回應的守衛，露出一臉吃驚的表情，彷彿看到了什麼令人無法相信的光景似的。

在外頭靜待片刻後，看起來有些慌張的清霞從值勤所裡頭走了出來。總是一臉淡定的他，現在罕見地露出焦急的表情。

「美世、由里江……發生什麼事了？妳們怎麼會跑來這裡？」

「老爺，您辛苦了。雖然也覺得這麼做可能會讓您困擾，不過……那個，因為我擔心您沒有好好吃飯，所以送了便當過來。」

美世在內心提醒自己露出笑容，然後將手中包著便當盒的布巾遞給清霞。

「是……是嗎？那麼……謝謝了。」

接過布巾的清霞，不知為何回應得支支吾吾，雙眉也像是感到困擾那樣緊皺。不了解清霞的人，看到他這樣的表情，可能會以為他不高興吧。不過，現在的美世能夠明白，這純粹是清霞感到害羞的表現。

他的態度和表情，總是很容易招致誤會。

「妳們是走路過來的吧？要進來裡頭休息一下嗎？」

「不，我沒關係。由里江太太，您呢？」

「這點路程而已，我還能再走更遠喲。」

由里江笑瞇瞇地以拳頭輕捶自己的胸口回應。一如她所言，由里江臉上完全不見疲態。或許是以傭人的身分，長年以來忙進忙出的訓練成果吧。

「那個，雖然好不容易見到您，但妨礙您辦公也不好，我們就先回去了。」

會覺得清霞看起來有些失望，一定是自己想太多了吧。畢竟他工作很忙，美世不能留在這裡打擾他。

這時，清霞突然露出認真的眼神問道：

「美世。妳有把護身符帶在身上吧？」

「啊，是的。我放在這裡……」

看到美世指著手上的束口袋這麼回答，清霞正要朝她點頭的時候——值勤所裡頭傳來呼喚聲，他於是轉過頭。

開口回應呼喚自己的隊員後，再次轉過頭來望向美世的清霞，已經是一臉肩負重任

的高階軍官的表情。

「我現在就過去——妳有帶在身上就好。抱歉，雖然很想送妳們回去，但我現在無法抽身。」

「沒關係。打擾您值勤，真的很不好意思。請您工作加油。」

「嗯。妳們倆回去的路上也多小心。」

「好的。」

美世這麼回應後，清霞朝她露出微笑，伸出手輕輕拍了拍她的頭，隨後便返回建築物內部。

「呵呵，少爺他害羞了呢。」

「是呀……」

回家路上，一邊和由里江閒聊，一邊望向東口袋裡頭的美世，臉上浮現了疑惑的神情。

「美世大人，您怎麼了嗎？」

「咦，啊……嗯，那個……」

她將手探進束口袋底部翻找，但仍然沒有找到。

是掉在哪裡了嗎？啊，對了，這麼說來——

「我剛才跟老爺說有把護身符帶在身上，但現在一找，才發現我好像把它忘在家裡了。」

「哎呀哎呀！那可不好嘍。」

為了搭配身上這套和服，美世今天換了一個束口袋使用，結果忘記把護身符放進來。所以，護身符現在還在之前使用的舊的束口袋裡。

她沒想到自己會這麼冒失。單從結果來看的話，美世等於是對清霞撒謊了。雖然她本來就很少踏出家門，但這並不能當成藉口。

「我明明答應老爺會隨身攜帶那個護身符……」

（我真的很糟糕呢。）

少了那個護身符，感覺守護著美世的清霞的氣息，也一口氣減弱許多，讓她有些不安。

不小心打破約定的沮喪情緒也跟著湧現。美世無力阻止。

「這樣的話，我們就直接回家吧，美世大人。」

「……說得也是。」

美世同意由里江的提議，開始加快腳步。

她並不知道那個護身符有著什麼樣的效力。不過，既然清霞會如此在意美世有沒有

隨身攜帶，就代表那是個有特殊意義的東西。她不能在沒有把護身符帶出來的情況下，在外頭到處閒晃。

沉默地加快腳步前進後，兩人平安無事地離開市區，來到比較人跡罕至的鄉間小路。走到這裡的話，家就在不遠處了。

正要放下心來的時候——

一輛伴隨著巨大引擎聲的轎車，在兩人附近停了下來。

一開始，美世還以為是清霞開車追了上來。然而並非如此。

「美世大人！」

由里江的驚叫聲傳來。面對眼前的突發狀況，美世的反應慢了半拍。

「……！由里江太……呀啊！」

還來不及轉身，從轎車上走下來的陌生人，便以令人發疼的強勁力道拉扯美世的手臂。這不容反抗的強大力量，讓美世全身無法動彈。

「你……你要做……嗚嗚！」

美世的嘴巴和雙眼被纏上布條，讓她一下子失去了視覺、聲音和自由，就連想確認是誰對自己做出這種事，都無能為力。

（好可怕……！老爺……！）

她的身子就這樣被人扛起，然後粗魯地塞進轎車裡頭。喘不過氣的痛苦，讓美世失去了意識。

迅速以鋼筆在紙上書寫，處理完一張又一張的文件時，打算拿印章捺印的清霞不自覺抬起頭。

「隊長，有訪客找您，不過……」

部下略為困惑的嗓音從大門外頭傳來。

今天應該沒有跟訪客見面的安排才對。是發生什麼事了嗎──清霞皺起眉頭，快步走向會客室。

在這棟值勤所裡，位置很靠近入口的會客室，平常只有訪客蒞臨時才會使用。踏進這個房間的清霞，發現自己熟悉的人物坐在裡頭。

「……由里江？」

一看到清霞出現，剛才原本已經離開的由里江，以險些跌倒的動作猛地起身，衝過來揪住他。

「少爺，美世大人她……！」

「發生什麼事了？」

「美……美世大人她……少爺，您快幫幫美世大人！」

「由里江，妳冷靜點。」

「不……不行，再……再不快點的話，美世大人她會……！」

平常總是很冷靜的由里江，現在卻表現出方寸大亂的態度，甚至沒有辦法好好跟清霞對話。

「冷靜一點。沒事的，慢慢說給我聽。」

「美世大人她！」

「美世怎麼了？」

「她……她在半路被人綁架了……！」

清霞將「怎麼會」三個字吞回肚裡，發出一陣低吟。雖然他也有預料到這種情況，但這理應是可能性最低的發展才對。因為清霞完全沒想到對方竟然愚蠢到這般地步。

他安撫手足無措的由里江坐下，繼續詢問她詳細情況。

「美世被擄走之前，妳們有遇到誰嗎？齋森家的人、或是辰石家的人？」

「沒……沒有。因為我們原本打算直接回家。」

「護身符呢？美世不是帶在身上嗎？」

「……關於這個，其實──」

──跟少爺道別之後，美世大人才發現她沒帶出來。

由里江的嗓音和雙手，都顫抖得十分厲害。要是出門前有替美世大人確認隨身攜帶的物品，就不會發生這種事了──她自責地這麼說。

為了按捺幾乎快要爆炸的激動情緒，清霞重重吐出一口氣。

他給美世的護身符，有著能讓她不被其他人的式神發現的功效。

不過，因為無法避免美世被一般人看到、也無法在她遭遇暴力對待時保護她，所以可以說是個純粹求心安的東西。不過，要是遇到企圖以式神監視他人的施術者，這個護身符就能派上用場。

「……嘖！」

面對自己的無力導致的事態，清霞感到十分焦躁。

他從懷裡取出幾張巴掌大小的白紙，然後注入力量，將它們做成簡單的式神，再釋放到市區，用以尋找美世的行蹤。然而，帝都占地相當廣大。這樣的做法不但耗時，也不夠可靠。

他已經十之八九猜出綁架犯是誰。但沒有確切證據的現在，他實在無法採取行動。

要是能透過式神掌握到對方挾持美世的地點，倒還有點希望，但事情不可能進行得如此

順利。

要直闖敵營，直接壓制綁架犯的話，清霞一個人就做得到。然而，在沒有確切證據的情況下這麼做的話，恐怕只會為清霞帶來足以落人口舌的破綻。他還需要一個關鍵的動機。

儘管很想馬上動身將美世救回來，卻沒辦法這麼做，讓清霞焦急不已。

「隊長～又有一位訪客上門嘍。」

在房間被沉重的沉默籠罩片刻後，一個懶洋洋的嗓音傳了進來。

「是誰？」

即使聽到上司以完全不帶感情的平淡嗓音這麼問，五道仍毫不在意地大方踏進會客室，然後指著自己身後說「這個人」。

出現在那裡的，是清霞完全想像不到的一名人物。

他的雙手像是在強忍痛苦那樣緊緊握拳。

「我知道來拜託你這種事情，簡直是莫名其妙。可是，拜託你。因為光憑我一個人，沒辦法把美世救出來……！」

香耶的未婚夫辰石幸次，帶著快要哭出來的扭曲表情站在清霞眼前。

自己明明發誓過要守護美世才對。

為此，他還刻意選擇成為香耶的未婚夫、站上齋森家下一任當家的地位。

但現實又如何呢？現在，幸次坐在由清霞駕駛的轎車上，緊咬雙唇到幾乎滲血的程度。

在對異特務小隊的值勤所向清霞說明過後，這段無論回想幾次，都讓自己懊悔不已的記憶，再次鮮明浮現於他的腦中。

香耶的樣子看起來不太對勁。提出想跟同父異母的姊姊交換立場的要求，被自己的父親和幸次一口回絕後，她這次轉而造訪辰石家，說是要找幸次的父親商量。

因為感覺實在太可疑，幸次也跟著過去，卻聽到香耶和父親討論起令人不禁懷疑自己的耳朵的計畫。

『那麼，只要姊姊答應了……』

『嗯。倘若是出自本人的意願，久堂也只能允諾了吧。那兩人的婚約會取消。只要妳開口，美世應該馬上會妥協。』

『就是呀！母親一定也願意幫忙。那麼，您會幫我們把姊姊帶過來對吧，叔叔？』

『那當然了。』

這樣的話，事情一定能順利進行——香耶開心地拍著手這麼說。

『這太荒唐了！爸、香耶，你們在想什麼啊！』

幸次連忙介入對話，但兩人只是對他投以冰冷的視線。

『還問我們在想什麼？剛才不是說過了嗎？我要讓姊姊的婚約取消，然後跟她交換立場。幸次先生，你說這需要得到父親允許對吧？因為我沒辦法說服父親同意，所以才來找叔叔商量其他辦法呀。』

『怎麼會……』

幸次難以置信地望向自己的父親。

『沒辦法，這麼做都是為了得到美世。』

『你以前明明還訓斥我不要干涉別人家的事情……！』

過去，幸次試圖幫助美世的時候，被父親以「不准介入別人的家庭問題」攔阻了好幾次。

然而，父親現在的行動，不是跟自己的發言矛盾了嗎？

聽到幸次的指摘，父親嘆了一口氣。

『那時，我擔心你過分袒護美世的行為，會讓齋森察覺到她的價值。得先讓齋森一度拋棄這個女兒才行。否則，想得到她的話，得花上更多力氣。』

『……咦？』

這是什麼意思？

『為了避免讓齋森察覺美世的價值，於是一直將她留在身邊，讓美世陷入孤立的狀態，對我們來說比較有利。』

『……』

也就是說，父親之所以不對美世伸出援手，一直維持冷眼旁觀的態度，都只是為了最終能夠得到她。

徹底理解了父親的所作所為後，心中怒意早已突破臨界點的幸次，就這樣茫然杵在原地片刻。下一刻，感覺血液一下子衝向腦門的他，視野被染成一片鮮紅。

——不可原諒。

因為，這未免……美世一直被囚禁在痛苦、悲傷之中，甚至忘了該怎麼露出笑容。她這般辛酸的經歷，父親不可能不了解。儘管如此，他卻刻意置之不理。身為人類，這是不該有的行為。

至今，自己竟然……竟然都順從這個惡人所說的話行動。想到這裡，幸次甚至也開始為這樣的自己憤怒。整個身體感覺都快要沸騰。

房間的窗戶「啪」一聲裂開。

幸次再也壓抑不住自身的感情。在內心高漲翻騰的怒氣滿溢出來，轉化為失控的異能，開始干涉這個現實世界。

『……不可原諒。』

『沒用的，幸次。住手吧。』

『我不會再聽你的話了！』

設置在房間裡的桌椅、櫃子等家具，都開始不安分地發出喀噠喀噠的聲響。

『香耶，妳先回家。』

『叔叔……』

『等解決了這邊的問題，我馬上會過去拜訪。』

『我明白了，姊姊的事情就交給我吧。』

朝幸次瞄了一眼後，看似已經對他失去興趣的香耶乖乖離開了這個房間。

在拉門關上的同時，房間裡的物體全都無視重力浮上半空。

『我不會再讓你們繼續對美世為所欲為……！』

幸次這麼吶喊後，飄浮在半空中的物體，瞬間以驚人的速度朝實飛過去。

念力——無須實際碰觸物體、或是透過道具操作，就能移動目標物的基礎異能之一。幸次原本擁有的力量，頂多只能讓椅子的一隻腳浮起，但現在他釋放出來的力量，明顯超越了過去的水平。

要是被他操控的這些物體擊中，人類的脆弱肉體想必會輕易飛出去，然後粉碎成肉塊吧。

然而，實卻依舊一臉泰然自若地站在原地。

『原來你有這樣的力量啊，真是意外。雖然異能的強弱和水準高低，有時也會受到情感影響就是了。』

說著，實輕輕揚起一隻手。只差一秒就會砸中他的那些物體，現在全都在半空中靜止，然後緩緩降落在地上。

『怎麼會……快動啊……！快動起來！』

『蠢才。從來不曾確實接受異能者訓練的你，怎麼可能贏得過我呢。』

原本宛如颶風般席捲這個房間的幸次的異能，現在徹底回歸平靜，沒有再出現任何反應。

儘管幸次內心的怒氣完全沒有消散，但他再也使不出像方才那樣凌駕於他原本的能力之上的異能。

『可惡……！為什麼……為什麼啊……』

自己為什麼這般無力呢？信誓旦旦地說要守護美世，但在最關鍵的時刻，卻總是因為能力不足，而幫不上任何忙——簡直像個只會空口說大話的孩子。

雖然不甘，但他確實無能為力。幸次不禁流下眼淚。

之後，實以力量制伏幸次，用術法限制住他的行動能力，再將他關進自己的房間。

美世想必會被父親派出去的人綁架，現在，說不定已經被抓回齋森家了吧。

他什麼都做不到。儘管明白美世的處境很危險，他卻連自己的父親都攔阻不住。

真要說起來，是打從一開始就不肯選邊站的他不好。

溫柔？不對，他只是優柔寡斷、膽小又沒出息罷了。在事態變得像現在這樣無法挽回之前，他從不曾採取過任何行動。

『我真的……是個傻瓜啊。』

他早該做出選擇才對。想守護美世的話，就應該付出相對應的努力才對。

事到如今，就算後悔也為時已晚。沒有確實進行異能者相關修行的幸次，現在完全無法趕往齋森家；就算有辦法自由行動，最後恐怕也只會讓相同的事情再次上演——

這時，本應上鎖的房間大門被人打開。

『所以，你要放棄了嗎？』

道出這句像是在揶揄、又像是在開玩笑的發言的人，是幸次的哥哥。

看到對方一副像是紈褲子弟的輕浮打扮，幸次湧現一股怒意。

『我不會放棄，我要去救美世。』

看到幸次下定決心這麼表示，哥哥笑出聲來。

接著，不知道從哪裡學來這種技術的他，輕易破解了父親用來限制幸次行動的術法。

『你為什麼……』

『與其浪費時間在意這種小事，我覺得你還是趕快動身比較好喔。』

幸次轉身背對那張令人不悅的笑容，輕輕點頭之後，便從房間衝了出去。

「馬上就要到了。就算你這麼焦急，情況也不會有任何改變，辰石幸次。」

清霞一邊駕駛轎車，一邊以不帶感情的語氣這麼提醒坐在副駕駛座上的幸次。

「你還真冷靜啊，你的未婚妻現在可是不知道遭遇到什麼樣的對待呢。」

幸次冷冷地回應。

駕車中的清霞的側臉看起來極其冷靜。彷彿凍結的表情，看起來完全不像在擔心自己遭到綁架的未婚妻。

久堂清霞確實很完美，他身上找不到半個像是缺點的缺點。儘管沒什麼好比較的，

然而，無論是作為一個男人、或是一名異能者，幸次都遠遠比不上他。無論付出什麼樣的努力，他想必也不可能追上清霞這樣的存在吧。

不過，把美世交給這個男人真的好嗎？首先，他了解美世的什麼？她深沉的哀愁與孤獨，還有內心受到的創傷，他能明白嗎？

像這樣前往搭救美世，或許也只是表面上做個樣子罷了。

（倘若這個男人拋棄了美世……）

屆時，幸次就只能先殺了美世，然後再自殺了。他一直有著這樣的想法。他認為這是能給予美世安詳平靜最確實的手段。這完全是他自做主張的想法——幸次也有這樣的自覺，然而，他想不到其他方法了。

不過，他隨後馬上明白自己這種赴死的決心，並沒有機會派上用場。

清醒過來時，泛著些許霉味的混濁空氣竄入美世的鼻腔。

她發現自己在一處昏暗的室內。或許是某處有光線透進來吧，在雙眼習慣陰暗的室內後，還不至於是伸手不見五指的程度；然而，因為無法窺見外頭的情況，所以很難判斷現在究竟是白天或晚上。

美世整個人倒臥在積著灰塵的木造地板上。因為雙手被繩索綁著，她費了好一番功夫才爬起身。

（這裡是……）

仔細確認過周遭後，她發現自己記得這個地方。那段令人格外不快的回憶也跟著湧現。

狹小而幾乎空無一物的空間，冰冷又潮濕的空氣。

這裡絕對是將年幼的自己幽禁在裡頭的那個齋森家的倉庫。

倉庫這種東西，構造應該都差不多，而美世也沒有能夠確實斷定這就是齋森家倉庫的證據。不過，裡頭跟過去幾乎一模一樣的光景，讓她莫名相信自己的判斷。

雖然不清楚詳細的原因，但如果是繼母或香耶的話，綁架美世、然後把她關進娘家倉庫裡這種暴行，她們並非做不出來。她們想要羞辱美世的想法，以及憎恨、排斥她的情感，都相當根深蒂固。只要有個什麼契機，她們很有可能做出這種程度的事情。

大致掌握現況後，對於接下來可能會發生的事情的恐懼、以及對清霞和由里江的愧疚之情，也跟著一併湧現。

現在，清霞應該已經接到她半路遭人綁架的聯絡了。

他想必會設法把美世救出去吧。這樣一來，她會給他添多大的麻煩呢。感到相當過意不去的美世，幾乎要為此掉下眼淚。

開始加速的心跳，怦通怦通不斷震懾著自己的鼓膜。

倘若繼母或香耶在這個瞬間出現，在這個家中再次和那兩人面對面的話，自己又會變得怎樣——因為完全無法想像後果，美世內心的恐懼變得更加強烈。

離開娘家、得到能讓自己安心的棲身處之後，美世覺得自己變得堅強了一些；但同時，因為受到寵愛，她覺得自己的忍耐力下降許多。倘若在繼母或香耶面前哭出來，不知道她們會怎麼嘲笑自己。

下定決心後，美世起身，以自己的身體用力撞向倉庫大門。

比起年幼時期，她的身體現在成長了許多，所以說不定有力氣從內側把門撞開——她懷抱著一線希望這麼嘗試。

然而，門板果然還是一動也不動。

（……這也是理所當然的呢。）

以門閂固定的大門，用她的身體不可能撞開。

無法打開眼前這扇大門的話，恐怕就沒有其他能讓她逃脫的出口了。雖然上方的高處有一扇小窗，但想爬上去相當困難，而且從窗戶的大小看來，美世也不可能鑽過去。

無論多麼不願放棄，現在的美世仍無計可施。感覺自己彷彿是只能靜待最終判決出爐的囚犯的她，無力地在原地癱坐下來。這時，她似乎聽到外頭有什麼動靜。

「……！」

美世瞬間變得全身僵硬，冷汗也開始冒出。

不自覺地止住呼吸的她，默默看著大門伴隨沉重的聲響被人打開，完全無法移開視線。

「哎呀，姊姊，妳已經醒過來了嗎？」

果然。美世的雙肩反射性地一顫。

讓一旁的傭人負責打開厚重的倉庫大門，自己則是背對著夕陽開始西沉的天空，緩緩走到和倉庫入口只隔一步的人，正是香耶。

遺傳自母親的美豔面容、穿著時下流行的色彩鮮豔的和服的身影、澄澈尖銳的嗓音。這名沒有半點破綻的少女，感覺是一如往常的香耶。然而，漆黑而激昂的感情，此刻在她的眼中不斷蠢動。

「因為妳遲遲沒有醒過來，我還以為妳的心跳終於停止了呢。」

不可思議的是，輕笑著這麼表示的香耶，表情看起來卻少了過去那種高高在上的傲慢。感覺似乎有些心不在焉、或說是為了什麼而焦躁到走投無路的程度。

「……妳……是為了什麼……做出這種……」

恐懼和緊張的情緒，讓美世無法順利呼吸。這麼開口詢問的嗓音，也沒出息地不斷顫抖。

現在，雙手被綁住的她，只能癱坐在滿是灰塵的地板上不停發抖。俯瞰著美世這樣的身影，香耶臉上的笑意變得更深了。

「真是痛快呀。姊姊，妳配不上這麼漂亮的和服呢。像現在這副髒兮兮的模樣，才適合妳呀。」

「……」

美世沒能馬上做出回應。因為，香耶的這番發言，其實正是一直潛藏在美世內心深處的某個想法。

看到清霞購買大量的昂貴用品送給自己，美世之所以會感到惶恐不安，說穿了，純粹是因為她覺得自己不適合這些東西罷了。

美世垂下頭。這時，突然有人走到她的身旁。

一道強力的衝擊「啪！」地落在她的一邊臉頰上。美世發出短短一聲哀嚎，然後倒在地上。

「都是妳的錯！」

這個吶喊聲是繼母的聲音，她剛才似乎是用手中的扇子毆打美世。

在腦中不斷迴響的這句話，美世也熟悉不已。過去，她便時常聽到這句彷彿要將一切責任歸咎於自己身上的台詞。

「都是妳，害得我的人生又開始偏離正軌了！」

「……！嗚……」

美世將差點脫口而出的賠罪台詞吞回肚裡。

「把妳養育到這麼大，結果妳一嫁出去，竟然就這樣恩將仇報。真是個不要臉的孩子！」

「……」

儘管想主張自己不記得有做出什麼恩將仇報的行為，但看到繼母臉上宛如厲鬼的表情，美世便什麼都說不出口。

說什麼都沒有用，從過去到現在一直都是如此。

「真的很討人厭，妳應該要像個傭人那樣繼續做牛做馬才對！嫁去久堂家，結果就變得這麼囂張！」

看到美世倒地不起，香耶伸出腳使勁踐踏她的身體。

「好痛！」

美世的側腹和肩膀附近，就這樣被香耶奮力踐踏了好幾下。隨後，原本以為她終於把腳收回去了，但接下來，自己蓬亂的頭髮突然被一把揪起，腦袋也跟著被用力提起來。香耶和香乃子憤怒的表情出現在眼前。

「快點辭退跟久堂大人的婚事。」

「……！」

繼母道出的這句話，讓美世整個人僵在原地。

「就是呀，姊姊！久堂大人的妻子這樣的身分，是妳無法負荷的重擔才對。就跟我交換吧？」

香耶也乘勝追擊。

此刻，美世感覺自己腦中某個冷靜的部分，好像大概能理解她們做這種要求的原因了。

說穿了，她們只是因為看到自己輕蔑不已的美世，現在竟然在久堂家過得順心如意，所以心生不滿罷了。原本不屑一顧地認為美世不可能和清霞走到結婚這一步，但事態發展卻一反自己的預測，她們因此開始感到焦急。

「妳這種不知天高地厚的人，隨便曝屍在荒郊野外就好了嘛。」

「……嗚……嗚……」

頭髮被用力拉扯，讓美世的頭皮疼痛不已。剛才被甩了一巴掌的臉頰上，殘留著火辣辣的刺痛感，口中傳來些許的血腥味……或許是嘴角劃傷了吧。

「聽好嘍？必須由妳主動向久堂大人表態辭退。既然能拜託他買這麼昂貴的和服給妳，請他當作這次的婚約從沒發生過，應該也是輕而易舉的事情吧？」

「放心吧，姊姊。我會代替妳跟久堂大人締結婚約，之後，就可以把幸次先生還給妳了。」

「……」

在這裡放棄的話，想必是很簡單的事情。

就算自己的一切被奪走，也不會道出半句怨言，這都是為了讓襲向自己的風暴早些平息。她一直以這樣的方式走到今天，這樣比較輕鬆。為了什麼而執著，結果反而延長自己承受痛苦煎熬的時間，是更讓她難以忍受的事。

現在，如果像過去那樣早早放棄，表示自己會讓出清霞未婚妻寶座的意願，美世就能從凌虐中解脫了。

像個傭人那樣，建立起厚重的心防，一個人負責所有的工作。甘於在較低的地位生活，才不容易引起什麼風波。倘若是過去的她，一定會這麼想。然而——

「……要……」

「哎呀，妳說什麼？」

「我……不……要。」

美世湧現了不想退讓的念頭。她不想放開那個家、還有那個人。

在母親的遺物被搶走後，過了一陣子，她也死心了。可是，美世希望陪伴在那個人身邊的是自己。她不想把這個位子讓給任何人。

「我……沒辦法……拜託他這種事。」

美世強忍著痛楚，筆直望向眼前的兩人。她沒有別過臉去，眼中的神色也不再動搖。

看到美世這樣的態度，繼母臉上的表情變得更加扭曲。她加強拉扯美世頭髮的力道，將她的臉蛋拉近自己，再次以扇子毆打她。

「不准跟我頂嘴！」

挨了這一扇的美世整個人跌在地上。她努力咬牙，強忍住肩膀直接重擊地面帶來的劇烈痛楚。

「想想妳的立場！妳只是個瑕疵品而已。跟香耶不同，妳不僅沒有見鬼之才，甚至連半點長處都沒有，不是嗎！讓這種一家之恥成為久堂大人的妻子，打從一開始，就是荒謬至極的決定！」

「姊姊，妳是怎麼了呀？這個齋森家、還有幸次先生，都會變成妳的喲。這樣不是很好嗎？這才是妳一直渴望的東西吧？」

「我……」

不管別人怎麼說，美世都不會再違背自己的想法。

她將恐懼和怯懦全部吞回肚裡，深深埋藏在心中，接著筆直瞪視著繼母跟繼妹這麼開口：

「我是……老爺的……久堂清霞的未婚妻，這個身分……我絕對不會讓給別人！」

聽到美世的吶喊，憤怒得滿臉通紅的香乃子再次高高揚起手。

◇◇◇

「到了。」

不知不覺中，清霞駕駛的轎車已經橫停在齋森家的大門外頭。

幸次在清霞之後慌慌張張下車，跟他並肩仰望眼前這扇大門。

現在已是夕陽西下的時間，滿布烏雲的天空，讓這一帶看起來更加灰暗。在這樣的情況下，這扇緊閉的古老大門，散發出一股奇妙的存在感。

「你打算怎麼做？就算在門外呼喊，只要裡面的人佯裝沒聽到——」

「這不成問題。」

清霞毫不猶豫地這麼回答。

以只道出重點的方式回應幸次的同時，他舉起一隻手。下個瞬間，巨響和閃光震懾、奪走了人們的視覺和聽覺。

「嗚……！」

幸次原本以為有一道雷打在附近——

——沒錯，確實有落雷降下了。

首先是嗅覺，類似樹木燒焦的氣味竄入鼻腔裡。接著，在麻痺了短時間的視覺恢復後，化為焦黑木炭，接著應聲碎裂、崩落的「原本是大門的物體」，映入幸次的眼簾。

威力驚人的異能。

是操縱雷電的異能嗎？雖然也曾耳聞，但幸次完全沒想到威力竟如此強大……這輕易凌駕於他的想像之上。

「走了。」

「啊……嗯，好的。」

看傻眼的同時，也開始對清霞懷抱些許畏懼的幸次，慌慌張張跟上他的腳步。

此刻，在兩人視線交會的瞬間，幸次在那雙眼睛深處窺見了強烈的憤怒。清霞帶點藍色的淺色眸子，彷彿燃起了鮮紅的熊熊烈焰——那高漲、激昂的怒氣，甚至足以讓人產生這樣的錯覺。

（他……在生氣？）

幸次原本以為，清霞之所以帶著一臉漠然的表情，是因為他對美世遭人綁架一事毫無感覺。那低沉而缺乏起伏的嗓音，證明了他是個冷酷無情的人。

他原本想對著清霞的背影道出內心的疑惑，但最後還是沒有開口。

現在問這種問題，也沒有意義，反正清霞八成不會回答他。而且，繼續前進的話，就算不情願，他也會知道答案。

幸次將各種複雜的情緒吞回肚裡，快步跟上清霞的步伐。

破壞大門時帶來的驚人巨響和衝擊，理所當然地讓齋森家陷入極大的混亂當中。

別說傭人了，就連身為一家之主的齋森真一都跑出來察看狀況。發現大門被徹底燒毀後，他先是一臉茫然地愣在原地，接著開始不知所措地來回踱步。清霞和幸次繼續在齋森家的領地內昂首闊步地前進，沒有半個人敢出聲指摘這樣的他們。

不過，最先回過神來的真一，最後還是一臉狼狽地開口了。

「久堂公子！請等一下，這究竟是……？」

「齋森大人，美世在哪裡？」

「！」

為這句話瞬間屏息的真一，臉色變得相當難看。他的臉慘白到彷彿隨時都會昏倒的程度，冷汗也不斷滲出。

「美……美世她……那孩子……」

「──美世不會再回久堂家了。」

取代真一接話的人，是從後方緩緩朝這裡走來的實。

「爸！你這個人……！」

幸次憤怒地想要上前，但被清霞攔下了。

「我現在在問我的未婚妻在哪裡。」

「知道了又能如何？美世說她不會再見你，也不會再回久堂家。」

「關於她的想法，我會跟她本人做確認。不打算回答我的話就讓開。」

清霞和實瞪著彼此，雙方都不肯退讓一步。

雖然現在已經和父親徹底敵對，但看到他能跟全身散發出來的怒氣足以令人打顫的清霞對峙，幸次仍不禁佩服起他的膽識。同時，他也被迫明白父親對得到美世一事有多麼執著。

「請恕我拒絕。如果你打算強行通過這裡，我也不會袖手旁觀。我可以用擅闖民宅的理由向警方通報。」

「想這麼做的話就隨便你，就算得行使蠻力，我也要走過去。」

雖然如此宣言，但清霞並沒有採取進一步的行動。

他沒有拔出腰間的軍刀，看起來也沒有要施展異能的樣子。只是帶著一身強烈的殺氣緩緩往前走。

現在，焦急起來的反而是真一和實。不打算讓清霞就這麼走過去的兩人，隨即試圖以結界擋下他的去路，但清霞完全不受影響。

被譽為現今最強的異能者的他，沒有做出任何特別的行動，就只是直直地往前走而已。儘管如此，擁有實戰經驗的實和真一的術法，卻陸陸續續地像是紙張被撕破那樣輕易被破解。

像這樣實際和清霞交手過後，這兩位父親所感受到的，恐怕不只是「可怕」這種淺薄的情緒。

而是對於壓倒性強大之人的恐懼和敬畏。

因為，就連走在清霞身後的幸次，都嚇得臉色發白。

「……！不愧是久堂家當家……」

最後，清霞終於抵達實和真一這兩名異能者的眼前。被逼得走投無路的他們，採取了截然不同的行動。

企圖揮拳攻擊清霞的實，被一把揪住手臂拋飛出去。後退半步的真一，只是從正面接下清霞犀利的眼光，便整個人無力地癱坐在地。

這連戰鬥都算不上。

與其說雙方的實力差距有如成年人和小孩，說是成年人和嬰兒恐怕更貼切。

（竟然會有這麼離譜的……）

儘管同為執行過政府指派的任務的異能者，實力卻是這般天與地的差別。

幸次甚至已經不覺得羨慕了。能夠輕易破壞、撂倒所有人事物的清霞，看在幸次眼中，簡直就是傳聞中那個冷酷無情的魔神。

但另一方面，倘若清霞是己方的戰友，那就不會有比他更為可靠的人物了。

朝趴倒在地的父親、以及青梅竹馬的父親瞥了一眼後，幸次隨即陷入坐立不安的情緒，只能跟著踏進熟悉的齋森家宅邸內部。

採木造平房設計的齋森家的宅邸規模很大，裡頭有不少長長的迴廊。

內部的結構經過精心設計，讓人無論從哪一條走廊經過，幾乎都可以一眺小巧的和式庭園的景致。因此，這座宅邸內部有許多小規模的中庭，甚至連後庭都有。

過去，幸次曾聽說這種構造的家屋十分罕見，所以頗有一看的價值。

「辰石幸次，美世可能被囚禁的地方，你心裡有數嗎？」

走在前方的清霞頭也不回地這麼問，幸次連忙道出浮現在腦中的幾個可能性。

「美世過去使用的傭人房……應該不可能。」

考量到香耶和香乃子現在可能和美世待在一起的話，這個選項就沒可能。那兩人不可能會靠近傭人居住的地方。

那麼，美世過去住的房間呢？不，那個房間在美世生母的房間的隔壁，所以香乃子很排斥。

真要說的話，這棟古老的宅邸，幾乎不存在一個適合幽禁他人、完全獨立的空間。倘若另外有打造牢房，倒是另當別論——

「啊……或許是後庭的倉庫。」

「後庭？」

「是的，後庭有個幾乎完全沒在使用的古老倉庫，或許——」

那個倉庫可以從外頭上鎖，愈是思考，愈覺得很有可能是那裡。

或許也持同樣意見吧，清霞朝他點點頭。

「帶我過去。」

「好的。」

「不，等等……你後面！」

幸次吃驚地轉身，一道火焰形成的漩渦直逼他的眼前。

——為什麼——

異能火焰，這是父親的異能之一。拚死追趕兩人的父親，現在站在火焰漩渦的另一頭。

幸次只能杵在原地，茫然眺望朝自己襲來的烈焰。他完全反應不過來——不，應該說就算及時反應，他也沒有能力檔下。

「在這種地方釋放火焰……究竟是要愚蠢到何種地步？」

以苦澀的語氣這麼輕喃的同時，清霞布下一道看不見的防禦壁，將幸次和烈焰漩渦阻隔開來。

「結界……」

這樣的安心感只持續了一瞬間，在撞上結界後，朝左右兩側擴散開來的火焰，不但延燒到和紙拉門上，四濺出去的的火星，甚至讓中庭的花草樹木都開始燃燒。

「怎麼會變成這樣……」

喃喃自語的幸次，幾乎想要掩住自己的雙眼。

實的執拗化成的火焰，陸陸續續吞噬了周遭的一切。

在木造家屋裡頭釋放出如此劇烈的火焰，會帶來什麼樣的後果，就連三歲小孩都知道。在幸次錯愕地看著眼前的光景時，一陣迸裂聲傳來，實也跟著倒地。

一股難以言喻的情感在幸次的胸口時隱時現。

倘若清霞沒有替他施展結界，幸次早已命喪火下。即使親生兒子在眼前被燒死，父親似乎也無所謂。

「我只是讓他稍微觸電，然後暈過去而已。快走吧，要是慢吞吞的，火會愈燒愈大。」

清霞和幸次此行的目的是救出美世，不是和父親等人一決勝負，更不是來幫忙滅火的。

這下子，幸次可說是確實和父親分道揚鑣了，他必須重整心情往前走下去。

這一刻，幸次徹底放棄了實這個人。

◇◇◇

一陣巨響和衝擊突然在齋森家擴散開來。

即使是位於一段距離外的倉庫，也能清楚感受到。

「剛才那是……？」

繼母和繼妹露出吃驚的表情。

兩人的注意力被轉移的同時，揪著美世的手也跟著鬆開，讓她無力地跪坐下來，癱倒在地。

「你去看看情況。」

香乃子這麼命令默默守在一旁的傭人。

她的嗓音聽起來格外遙遠——美世的意識變得朦朧起來。

受到猛烈撞擊的肩膀，讓她整條手臂都跟著麻痺而沒有感覺。或許是毆打帶來的強烈衝擊所導致，隨著時間經過，她的腦袋也變得彷彿蒙上一層霧氣那樣模模糊糊。

「是妳這傢伙做了什麼嗎？」

繼母叫自己的方式，已經從「妳」變成「妳這傢伙」了——美世在腦中一角思考著這件無關緊要的事情。

「我……」

「做了什麼」是指？手腳被綁著、又被關在這個倉庫裡的她，明明無力做任何事情。

「母親，快點讓姊姊——」

「我知道，跟著我說一次——『我要回絕久堂家的這門婚事』。」

繼母的嗓音聽起來依舊很遙遠。

「我……不要……」

美世的腦袋已經沉重到幾乎完全無法思考的程度。儘管如此，她仍繼續回絕這個要求。

不可以答應，這個唯一的想法支撐著美世，讓她得以維持以前的自己完全不可能表現出來的反抗態度。

「給我適可而止！都叫妳明白自己的立場了！」

氣得滿臉通紅的香乃子，終於將白皙的雙手伸向美世的頸子。

美世的腦中浮現了「死亡」一詞，然後消失。她沒有感受到痛苦。然而，要是像這樣繼續被繼母掐著脖子，死亡遲早會到來吧。

啊啊，這麼說來，過去的她滿心期待自己的壽命像這樣走到盡頭呢。

因為，得不斷察言觀色、痛苦又悲傷的人生，早已讓她疲憊不堪。因為她認為自己的歸屬之處，不存在於這個世界上的任何地方。

不過，美世錯了。她的歸屬之處是存在的——就在那個人身旁。

道。

「我……絕對……不會……說。」

美世的這句話，讓香耶的表情因煩躁而更進一步扭曲，香乃子也加強了雙手的力道。

老爺，我沒有向她們屈服喲，我連一句道歉的話都沒有說出來。

我不想離開您身邊，我還不想死——

「老……爺……」

「美世！」

在這個昏暗的倉庫裡，美世聽到了呼喚自己的聲音。那是她一直、一直在等待的，此刻最想聽到的嗓音。

「久堂……大人。」

繼母瞠目結舌地鬆開手，美世再次無力地倒地。

「美世。」

清霞連看也不看其他人，直奔美世身邊，解開她身上的繩子後，將遍體鱗傷的她攙扶起來。

——啊啊，他真的來了，為了自己這樣的人，特地趕來這種地方。

眼眶泛淚的美世拚命咳嗽，同時也感到安心不已。

她並沒有懷疑清霞，她相信溫柔的他絕對會來把自己救出去。因為他就是這樣的人。

「老……爺……」

「沒事了。」

清霞臉上那泫然欲泣的痛苦表情，是因為目睹了美世悽慘狼狽的臉蛋嗎？如果是這樣的話，讓他看到如此不堪入目的景象，實在令人感到愧疚。

不過，這不是需要引以為恥的傷痕，反而是美世第一次不向蠻橫要求低頭、讓她自豪的傷痕。因為，這是她第一次對家人堅持自身想法，直到最後一刻的證明——

看著未婚妻在自己的臂彎裡閉上眼昏迷過去，清霞小心翼翼地將她抱起。

明明穿著一襲有些重量的和服，她的身體如今卻依舊輕盈無比。或許是被掌摑了吧，她的臉頰上有好幾道發紅腫脹的爪痕，讓清霞不忍觸摸。

而造成這一切的元兇也在現場。

「……妳們是做了什麼，才會讓她變成這副模樣？」

「……！」

清霞平靜地這麼開口詢問後，齋森夫人和她的女兒雙肩跟著一顫。

做出這種事情，她們難道還以為自己不會被咎責嗎？看著兩人蒼白的面容，清霞感到既憤怒又無奈。

「讓無力反擊的人變得這般遍體鱗傷，妳們到底想讓她做什麼？」

「這個……」

香乃子無言以對，只是一臉不甘地沉默下來。然而，一旁的香耶似乎還不打算放棄。

「我沒有錯。」

她抬起頭來，惡狠狠地瞪著清霞懷裡的美世。

「我……只是想導正錯誤而已。」

「錯誤？」

「是呀。因為，久堂家會接受姊姊，這未免也太奇怪了吧？不管怎麼想，這都是錯誤的。姊姊什麼都做不到，她沒有見鬼之才、腦袋也不好、長相也不漂亮，甚至連傭人的工作都做不好。這樣的人，竟然不用付出任何努力，就能爬到比我更高的地方？太奇怪了，絕對是有哪裡搞錯了呀。」

「……」

「父親跟母親都說我是最棒的，說姊姊跟我天差地遠。既然這樣，我理應更適合成為久堂家當家之妻呀，辰石叔叔也說這樣才是對的。」

香耶是真心感到憤怒。主張自己並沒有錯、不是為了反對而反對，而是在做正確的事情的她，完全沒有對這樣的行為懷抱任何疑問。她之所以會憎恨美世，並非是基於兩人之間的私人恩怨，純粹是因為自己應得的權利遭到忽略罷了——這是香耶本人歸納出來的結論。

她想必是在父母扭曲的價值觀影響下長大的吧。儘管這點值得同情，但清霞心中的怒氣，並沒有輕到能允許這一切。

「久堂大人，比起姊姊，我對您一定更有幫助。因為我在各個方面都比她優秀。所以——」

「住口。」

「！」

被清霞犀利又冷酷不已的視線貫穿的香耶，忍不住因為恐懼而噤聲。

簡直是荒唐到令人聽不下去的笑話。她不是試圖將自身的行為合理化，而是打從內心深信自己這番行為合情合理，並試圖加以說明。所以更讓人覺得有理說不清。

「繼續聽妳說話，只是浪費時間罷了。」

「為什麼……！您為什麼不能理解呢？太過分了！」

竟然還有臉說別人過分啊，這樣的行為，讓清霞無言到懶得再開口指摘什麼。

更重要的是，在宅邸另一頭延燒的大火波及此處，也只是時間問題。他不能在這種地方進行沒有意義的爭辯。

「夫人、香耶大小姐！失火了！火勢已經蔓延到這裡……！」

方才被指派去察看情況的傭人，現在慌慌張張地趕回來。

原本一直維持沉默的幸次，也在這時朝香耶走近。

「香耶，待在這裡很危險，香乃子阿姨也是。我們得逃到外頭才行。」

「房子……這怎麼可能……」

宅邸起火一事，似乎為香乃子造成相當大的衝擊。連滾帶爬地從倉庫跑出來之後，看到主宅邸竄出濃濃黑煙的她，不禁驚聲慘叫起來。

「怎麼會……怎麼會……我的房子啊……！」

清霞無視周遭其他人的反應，直接抱起美世準備走出這座老舊倉庫。但香耶伸手揪住他的衣角試圖挽留。

「請等一下！久堂大人，請您——」

煩死人了。清霞揮開香耶的手，以散發著殺氣的眼神瞪著她。

「我已經受夠妳那無趣的自賣自誇了。外表跟才能什麼的，這些都無所謂。就算天下紅雨，我也不可能選擇妳這種傲慢的女人。滾開。」

香耶嚇得後退了幾步，但清霞只是頭也不回地快步走出倉庫。

看著未婚妻仍不自覺地對清霞的背影伸出手，幸次忍不住出聲阻止。

「我們也快點避難去吧。」

「不要，為什麼？為什麼我會輸給那種……」

「別說了，快走吧。」

「別碰我！」

幸次揪住香耶的手，打算硬是將她拖出倉庫的瞬間，香耶的情緒突然激動起來。

「為什麼會變成這樣呀！我說的又沒有錯！」

「香耶……」

香乃子嚷嚷著「會變成這樣，全都是那孩子的錯！」的嗓音從倉庫外頭傳來。

幸次真心為眼前的情況感到厭煩。他重重嘆了一口氣，硬是將香耶拖了出去。他無視一邊喊著不要、一邊拚命暴動的未婚妻，將在外頭嚷嚷的香乃子也一併強行拖離原地。

「放開我！討厭，你別管我！」

「吵死了！」

「……！什麼嘛，你喜歡的人明明是姊姊！你別管我，自己趕快逃出去不就好了嗎！」

幸次感覺全身的血液都往腦袋竄去。得把這種女人救出去一事，讓他感到煩躁不已，然而——

「是啊，沒錯！如妳所言，我最在乎的人是美世，這不是理所當然的嗎？可是，就算是妳這種人，要是真的死了，她也會難過的。這樣只會讓她心裡的傷再次增加！都是妳跟妳的家人的錯！」

幸次不願再看到美世被這種連垃圾都不如的家人傷害，然後露出泫然欲泣的表情。所以，他必須做自己做得到的事情。就算是討厭的人，他也要救。因為這麼做，才能讓美世的心變得平靜。

看到平常總是溫柔敦厚的未婚夫對自己表現出強烈的怒意，香耶沉默著垂下頭來。之後，直到三人逃離熊熊燃燒的宅邸，她沒再說過半句話。

第五章　踏上旅途之人

又是那棵櫻花樹，美世目前置身於夢境之中。

「母親……」

佇立在齋森家中庭裡頭的櫻花樹。身穿櫻粉色和服的母親站在樹下，面帶笑容地朝美世招手。

被這樣的母親吸引的她，忍不住朝前方踏出一步，一步、又一步。然而，一如之前的夢境，無論美世再怎麼努力前進，母親的身影依舊同樣遙遠。

「母親，我……」

我想去妳那裡——原本想這麼開口的美世，最後將這句話吞回肚裡。

『美世。』

有人在呼喚她的名字，她必須回應這個聲音。

「母親，我們下次再見吧。」

面對持續朝自己招手的母親，美世轉過身去。

當美世在熟悉的久堂家的個人房間裡恢復意識時，一切都已經結束了。

經過診療後，醫生判斷她所受的傷大致都是挫傷。但因為有幾處傷勢較為嚴重，因此仍被交代要靜養幾天。

這段期間，清霞暫時擱下工作親自照料她，讓美世既是戒慎恐懼、卻又有幾分開心，可說是一直處於心神不寧的狀態。

看到美世平安歸來，由里江哭到幾乎讓人擔心她會不會全身脫水而死。不過，即使是一把鼻涕一把眼淚的狀態，她依舊能照顧負責照顧美世的清霞，真不愧是由里江。

此外，在這之後，美世也從清霞口中陸陸續續得知娘家之後的狀況。

「房舍全都燒毀了嗎……」

「嗯。」

清霞的表情有些僵硬。

「因為是木造房屋，再加上又有很多庭院，火勢一下子就一發不可收拾。」

辰石實釋放出來的異能火焰，終究沒能及時被撲滅。無人因此傷亡，已經算是不幸中的大幸了。

「另外，關於妳的雙親……他們似乎解雇了大部分的傭人，準備移居到鄉下的別館。今後應該會過著無法和過去同日而語的貧窮生活吧，齋森家或許也會以此為契機退出異能者的業界，實際上可說是沒落了。」

「沒落……」

就算聽到這兩個字，美世也有點反應不過來。或許是因為她至今都不曾感受過名門家系帶來的恩惠吧。

「香耶也是嗎？」

「不，她被指派到某個以嚴格聞名的家系去工作了。畢竟還年輕，讓她受一點歷練、增廣見聞，或許也是好事。」

雖然香耶有見鬼之才、也懂得施展一些拙稚的術法，但除此之外，她沒有其他異能。因此，就算讓她寄人籬下，應該也不會造成危險。

總之，聽到大家都不至於流落街頭，讓美世鬆了一口氣。

「那麼，辰石家那邊……」

「辰石實策劃的這齣鬧劇，到頭來並沒有對外曝光。雖然不會受到法律制裁，但他已經把當家寶座讓給長男辰石一志，以示負責。而新的當家——也能接受我們以行動限制為目的的監視。實質上，辰石家可說是成了久堂家麾下的一分子。」

「這樣呀……」

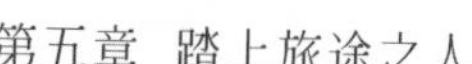

想當然爾，清霞不會這麼簡單就放過無謂地折磨美世、還讓她受傷的這些人。他所說的這些最終處分，都是在他嚴苛到彷彿是在制裁重罪犯的交涉狀態下成立，而且幾乎有一半的內容是恐嚇。不過，清霞刻意沒有對美世提及這一點。

徹底失去地位、宅邸和奢侈的生活，宛如一具空殼的他們，究竟能不能好好過日子，實在令人存疑。但清霞冷冷地表示這不是久堂家該擔心的問題。

接著，轉眼間，幾天過去了。

「妳的身體還好嗎？」

「是的，我沒事，我受的傷也不算太嚴重……」

美世扶著清霞的手走下轎車。空中偏多的雲朵遮蔽了刺眼的陽光，就初夏而言，這是很涼爽的一天。

現在，兩人來到了燒得精光的齋森家。

因為明天似乎就要動工清除裡頭的斷垣殘壁，在那之前，美世表示無論如何都想再過來一趟。當初，原本不希望美世再來到這個地方的清霞，雖然有點不高興，但最後還是勉強答應了她的要求。

有一件事，是美世無論如何都想過來確認的。

「小心腳下。」

「是。」

生養她的娘家，現在已經被大火燒得面目全非。

雖然有些梁柱和地基勉強殘留下來，但也已經全數化為漆黑的木炭，讓人完全看不出房屋原本的構造。

完全沒了原本樣子的這座宅邸，就連一直住在裡頭的人，都搞不清楚哪裡是哪個房間，因此，美世也能在沒有太大傷感的狀態下前進。雖然多少有些寂寞，但她並沒有除此以外的感想。

她循著不太可靠的記憶，朝自己的目的地走去。

默默陪在美世身旁的清霞，為了避免她絆倒，不時替她注意腳下的情況，也頻頻伸出手讓她扶著。

美世的目的地，是齋森家坐擁的幾座中庭裡最寬廣的那個。

過去，這裡曾種了一棵櫻花樹——就是夢中那棵母親的樹。

雖然櫻花樹最後衰弱枯死了，但樹樁仍保留了下來。因為能看見這座中庭的，只有母親原本的房間、以及美世小時候使用的房間。好幾年以來，除了負責打掃的傭人以外，無人會靠近這個地方，因此，這座中庭也沒有人多做整理，一直維持著原本的模樣。

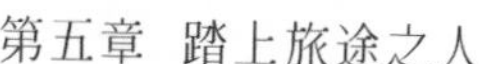

不過，保留下來的樹椿當然也早已死去，呈現乾枯的灰色。

沉睡時看見的那個夢境。

身穿櫻粉色和服的母親，就像過去那樣在樹下對她招手。因為實在很在意這個夢，在最後，美世希望無論如何都能再過來看看這裡。

原本灰色的樹椿，即使被那場大火燒成黑炭，依舊維持著原本的外型，存在於這個地方。

看到美世蹲下來，一旁的清霞也跟著蹲下。

「這就是？」

「是的……是家母剛嫁進齋森家時種下的櫻花樹。」

美世也許久不曾靠近這座中庭了。在她懂事的時候，這棵櫻花樹早已被砍掉。只剩下樹椿的悲慘模樣，總讓她跟失去母親的點點滴滴重疊。

這麼做的話，只會更讓她感到孤獨。

美世緩緩伸出手，以指尖輕觸樹椿。

長年以來，一直留在這座中庭裡的頑強樹椿，現在像是沙子堆砌而成的城堡，只是輕輕一碰，便脆弱地崩落、瓦解。

就在這時——

「……！」

一瞬間，有某種——類似尖銳刺痛感的衝擊，從美世的腦中一閃即逝。

她甚至來不及發出聲音。因為真的是在不到一眨眼的瞬間發生的事，就連美世自己也覺得可能只是錯覺。

「怎麼了嗎？」

「啊，不……」

因為驚慌失措而抽回的手指，在半空中晃動幾下後握緊。

一定是因為身體狀況還沒有完全恢復吧，美世一個人得出這樣的結論，然後起身。

「這樣就可以了嗎？」

「是的。」

這樣一來，母親曾活在這個世上的證明，就只剩下美世這個存在了。

（可是，這樣就好。）

或許因為是最後一次的機會了，母親才會把她召喚到這個地方來吧。為了讓她繼續往前進。

今後，美世得往前行。她並不打算捨棄過去，然而，想前進的話，有必要在此做個了結。

因為，就算不依戀過往的幸福，她也早就明白讓自己獲得嶄新幸福的方法了。

穿越原本是大門的地方，來到外頭的通路上後，一名熟悉的人物在那裡等著。

「……幸次先生。」

聽到美世的呼喚，幸次將兩道眉毛彎成八字狀，朝她露出有些愧疚的笑容。

「美世，那個……好久不見。」

「就是……說呀。」

撇開齋森家前些日子那場混亂的話，美世最後一次遇到幸次，是在市區和香耶偶遇的那天，所以，少說也有一個月的時間了。

而且，那天兩人並沒有直接交談，所以更有種許久未見的感覺。

「妳的身體情況還好嗎？」

「是的，託你的福。」

「太好了……能跟妳稍微聊一下嗎？我能繼續待在這個地方的時間也不多了，我想，這大概是最後的機會。」

美世有聽說，自己能在比較早的階段被救出來，都是多虧幸次的協助，所以她也想找機會向他道謝。雖然幸次這個提議來得恰到好處，但要是清霞反對，她也不會堅持。

她這麼想著，悄悄抬頭偷瞄身旁的未婚夫，清霞重重嘆了一口氣，然後點頭。

看來他是答應了。

「我知道了。」

「謝謝，那我們換個地方吧。」

兩人來到附近一座坡度較為平緩的石子階梯，在位於樹蔭處的地方並肩坐下。

年紀還小的時候，兩人也時常在遊玩之際這樣休息。失去母親、以及在齋森家的棲身之處後，美世還能夠繼續撐下去，都是因為這種跟幸次共度的時光。

對於一直站在自己這邊的幸次，美世覺得怎麼感謝他都不夠。

「……幸次先生，前陣子謝謝你趕過來搭救我。」

「雖然很想用『不客氣』回應妳，但我什麼都沒有做喔——應該說……什麼都做不到。我能做的，就只有去向久堂先生求救而已，真的很丟臉。」

「不，就算這樣，老爺也說是託你的福，他才能早一步把我救出來。」

幸次沮喪地垂下雙肩。

「……是嗎？是這樣就好。」

美世原本還想多說些鼓勵幸次的話，但隨即又打消這樣的念頭。

無法感同身受的她說出來的鼓勵，想必不是他渴望聽到的東西。

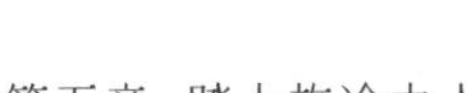

「完全無能為力的自己，真的讓我很不甘心。雖然也是異能者，但我的異能並沒有強大到能實際運用的程度，所以至今，我一直放棄鍛鍊它，覺得只要自己體內流著辰石家的血液就好。儘管信誓旦旦地說要幫助妳，但到頭來，我終究是放棄了一切。」

就算這樣，能代替美世發怒的幸次，過去確實是她的心靈支柱。美世在內心強烈地這麼想。

倘若沒有幸次、倘若沒有任何願意站在自己這邊的人，現在，美世可能就不在這個地方了。

「所以……妳或許已經聽久堂先生說過了吧，我打算重新鍛鍊自己。」

幸次原本打從內心懊悔不已的表情，在下個瞬間綻放出充滿活力的光芒。

在這之後，幸次似乎打算前往舊都進行異能者的修行。因為舊都仍有許多強大的異能者家族、以及和異能相關的事物存在，所以比帝都更適合修行的樣子。

不過，雖說要去修行，但他和香耶之間的婚約並沒有取消，也依舊是齋森家下一任當家的身分。所以，若是他今後順利成長，齋森家的復興或許有望——清霞這麼表示。

因為不能外揚的家醜，齋森一家被迫移居到鄉下，執行異能任務的機會也大幅減少。想重振這樣的齋森家，想當然並不簡單。該怎麼做，由幸次本人決定。

雖然具體來說無法幫上什麼忙，但即使相隔遙遠的兩地，美世也打算繼續為幸次加油打氣。

「我會盡自己所能努力。至於妳……有久堂先生保護，應該沒問題。我也會變強，變得能夠在關鍵時刻守護自己想守護的東西。」

「是。」

一如美世決定繼續前進，幸次也決定懷抱希望踏出步伐。

可不能輸給他呢。為了成為配得上久堂家的新娘子，美世該做的事情還真不少。

在她這麼暗自下定決心時——

「……還有啊。」

「？」

幸次看似欲言又止地搔了搔臉頰。

「那天，我原本想說的話……妳還記得嗎？」

他說的那天——或許就是父親下令美世嫁給清霞的那一天。那天發生的事，美世至今仍歷歷在目。

『美世，我對妳——』

那時，美世早已沒有餘力去顧慮幸次、或是追問他沒說完的這句話。因為，在那個當下，不知道自己將來會何去何從的她，一顆心早已被絕望和不安填滿。

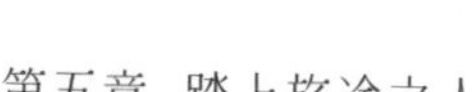

換成現在，無論幸次想說的話是什麼，她應該都能平靜地聽完。然而，幸次想要的，或許並不是把那天的那句話說完的機會。

所以，這次，美世選擇以他想聽到的答案回答。

「不，這個……非常抱歉，我忘記了呢。」

「忘記了？」

「是的。請問……是什麼重要的內容嗎？」

「這樣啊……不，沒關係，因為那句話完全不重要。是嗎……是嗎……」

幸次邊說邊不停點頭，或許是心中有什麼掛念豁然開朗了吧，他臉上的表情看起來輕鬆了許多。

如果這能讓他為內心的某個想法做個了結，美世也會覺得很開心。

「那我們差不多該回去了。要是跟妳聊太久，感覺久堂先生會生氣呢。」

「好的。」

返回齋森家的大門外頭時，兩人的表情看起來似乎都神清氣爽。

看到說著「我回來了」然後小跑步朝自己靠近的美世，清霞露出溫和的微笑，輕輕將手擱在她的頭上。

「看來，你們度過了一段很有意義的時間呢。」

「是的。不好意思，讓您久等了。」

「無所謂。既然事情都辦完了，那就回家吧。」

最後，美世再次轉身望向幸次。

「幸次先生，我們將來有一天再見吧。」

「嗯，再見嘍。」

看到幸次面帶微笑對自己揮揮手，美世朝他鞠躬致意後，便坐上轎車。她已經沒有任何遺憾了。

幸次站在原地，目送逐漸遠去的轎車，良久不曾離開。

終章

經過幾乎只是在文件上簽名就好的簡單手續後，美世和清霞正式締結了婚約。到頭來，在邁入結婚這個階段之前，情況並不會有什麼太大的改變。就只是意味著現在進入結婚準備期罷了。

因為美世的娘家齋森家現在是那種狀態，所以沒有執行過大禮的程序。

至於清霞的雙親，清霞表示「反正那些人已經隱居起來了，所以不管他們也沒關係」。雖然在結婚前理應打聲招呼，但因為清霞本人就是當家，所以也不需要特別取得結婚的允諾。清霞只跟老家聯絡過一次，目的也是告知他們不用再為自己介紹對象而已。

因為這樣，美世才明白替這樁婚事牽線的人，原來是上一任當家、意即清霞之父。

「上一任當家總是會到處替我尋覓結婚對象，據說他只要一聽到哪戶人家有年齡條件都適合的女兒，就會找人前去說媒。」

從清霞疲憊的眼神看來，可以想見他至今恐怕因此吃了不少苦頭。不過，上一任當家應該也有自己的一套審核標準，而非只是以亂槍打鳥的方式尋覓兒媳。

雖然美世也不明白詳細情況就是了。

唯一能確定的是，上一任當家所聽聞的「年齡適合的名門千金」的消息，套用在齋森家的話，指的恐怕不是美世，而是香耶才對。

在上流階級之中，齋森家現在不過是依附著過往的豐功偉業的一支家系。在這種家系裡，一個連傭人都不如的女兒的情報，不可能會傳入他人耳中。美世之所以會被送往清霞身邊，想必只是因為齋森真一捨不得把香耶嫁出去而已。

聽聞香耶的情報而派人上門提親，但在實際見到面時，卻發現來的人是自己，會不會讓上一任當家因此失望、或是大發雷霆呢？

聽到美世的顧慮，清霞用鼻子哼笑一聲後，以「這樣的話，我就不由分說地讓上一任當家變成一團黑炭」這種令人心驚膽跳的答案回應她。這又是另一個讓人憂心的問題了。

「……現在，他們大概已經坐上列車了吧。」

完成各項手續的兩人，一起在街上閒逛的時候，清霞突然這麼輕喃。

「是的。」

今天，是齋森夫妻移居到鄉下的別館、以及香耶開始到其他家系裡工作的日子。

雖然也能去送行，但美世並沒有去。她已經沒有話想和那些人說，而且，他們之間的關係，也不再是親暱到會在對方搬家時特地去送別的程度。

「是我多管閒事了啊。」

「老爺……」

「事情會鬧得那麼大，我也有一部分的責任。」

清霞曾表示，他可以用送大禮的名目金援齋森家，但前提是齋森一家人必須當面向美世誠心賠罪。這件事也已經傳入美世耳中。

不過，美世並不認為清霞這番發言是多管閒事。

對她來說，好好整頓自己的心情、在內心做一個了結，是必要的過程。離開齋森家時，她原本以為自己差不多等於和那家人劃清關係了，但齋森家的人似乎並不這麼想。

倘若拖泥帶水地延續這樣的關係，如果某天在市區巧遇，美世恐怕又會被言語羞辱一番，她內心的自卑感也會跟著再次湧現。若是屢屢因為這樣的事膽怯哭泣的話，她將完全無法前進。

讓自己揮別過去的行動，是絕對不可欠缺的。

「老爺為我做的事情，從來沒有一件是多管閒事。」

「美世……」

「我覺得很開心，真的非常開心。」

即使只是微不足道的體貼，光是有人為自己擔心，就是一件幸福至極的事情。一直到最近，她才想起這一點。

讓美世想起來的，是清霞、是由里江、是在那個家裡發生的點點滴滴。

「美世。」

「是。」

清霞停下腳步，轉過身來面對著美世。他臉上的表情看起來有些緊張，同時也相當認真。

他伸出手，以包裹美世雙手的方式握住她的手。

「將來——或許也會有讓妳吃苦的時候吧。不，我會極力避免這樣的事情發生。然而，我好歹也算是一名軍官，有時不得不親赴危險的戰場。再加上我的個性又……自己這麼說或許很奇怪，但我是個無趣的人。不過，就算這樣，我還是想和妳在一起。」

「……！」

「妳願意……跟我這種麻煩的男人結婚嗎？」

兩人因為一個被迫締結的婚約而相遇。看著清霞像是為了重新來過一次，而以真摯態度道出的求婚台詞，美世以笑容回應他。

「我怎麼會覺得您麻煩呢。真要說的話，我應該是個更麻煩的女人才對。老爺，跟這樣的我結婚，您不會後悔嗎？」

「當然不會，因為我是發自內心選擇了妳。」

「這樣的話，就太好了——小女子不才，還望您今後多多指教。」

在人來人往的大街上，兩人在沒有證人的情況下，和彼此約定了未來。不過，這樣就足夠了，因為他們不適合大肆鋪張的高調做法。

「我才要請妳多多指教。」

朝彼此露出淺淺的微笑後，兩人再次踏出步伐，朝那個小小的、溫暖的、屬於他們的家走去。

後記

初次見面，我是顎木あくみ。非常感謝您閱讀我的出道作品。

這是我第一次撰寫後記，因為實在不知道該寫些什麼才好，真的讓我相當苦惱。原本打算先寫自我介紹，但好像沒有特別值得介紹的地方……真要說的話，我的筆名倒是讓我有些不安，甚至還擔心會不會被人用「嘿～下顎！」這樣的方式調侃。不，其實我只是覺得「顎」這個漢字看起來很有爆發力，所以才會用在筆名裡，並沒有什麼特別的含意。

所以，我還是來介紹自己的作品好了。

我很喜歡日式風格，基於「我絕對要寫一個日式世界觀的故事！」這樣的野心，本作問世了。那麼，要寫故事的話，參考什麼時候的時代背景比較好呢？思考這個問題時，明治、大正時期的風格吸引了我。比起現代日本，這個時期的日本想當然有很多不

方便的地方。而且我對歷史也不算太熟悉，所以在動筆時會吃很多苦頭，是可想而知的事情。不過，日本文化和西洋文化交融、卻又融合得不完全的狀態，以及人事物特有的一股雍容華貴的氣息，都是只有這個時期才看得到、也十分有魅力的東西。因此，我幾乎是馬上做出這樣的決定。

不過，比起以明治、大正時期為舞台的普通愛情故事，我更想描寫添加了大量自己最喜愛的奇幻風格的世界……於是，異能這種能力的設定、身為異能者的清霞、以及儘管出身於承襲異能的家系之中，卻不具備異能的美世，便一一誕生。一如我的預測，在執筆的時期，反應時代背景的描寫，讓我吃足了苦頭。但描寫活在本作裡的這些角色的身影，是很開心的一件事。

本作便是百分之百基於我的個人喜好而完成，承蒙許許多多的人為我加油打氣，讓我走到了出版實體書這一步。「真希望這輩子能至少出版一本自己寫的書呢」——我完全沒想到，自己在腦中茫然描繪的這個夢想，竟然這麼快就能實現，所以現在仍有幾分不敢置信。不過，要是我花了很多時間和精力完成的本作，能讓大家看得入迷，我會非常開心的。

此外，本作的漫畫版正在SQUARE ENIX的《GANGAN ONLINE》上連載（二〇一九年一月）。負責漫畫化的高坂りと老師，將我的拙作以精美又好懂的漫畫呈現出來。也請大家務必一看（註5）。

最後，在本作出版時給予我相當多協助、對我照顧有加的責任編輯大人。為了人生第一次的出版業務而不知所措的我，真的相當感謝您在各方面的指引。

替我描繪封面插圖的月岡月穗老師，感謝您美麗纖細的插圖。有插圖的話，本作的世界觀應該更能傳達給大家。

還有持續透過網路聲援我的各位讀者、以及一直看到這裡的各位。有各位的支持，我才能像現在這樣實際呈現出自己的作品。選擇了本書、並看到最後的您，我在此獻上最真誠的感謝。

那麼，由衷希望未來有機會和各位再見。

顎木あくみ

註5：此為日本出版狀況。

國家圖書館出版品預行編目資料

我的幸福婚約 一 / 顎木あくみ作 ; 許婷婷譯 .
-- 初版 . -- 臺北市 : 臺灣角川股份有限公司 ,
2021.03-
冊 ; 公分 . -- (Kadokawa light literature)

譯自 : わたしの幸せな結婚
ISBN 978-986-524-274-9(第 1 冊 : 平裝)

861.57 110000936

我的幸福婚約 一

原著名＊わたしの幸せな結婚

作　　者＊顎木あくみ
插　　畫＊月岡月穗
譯　　者＊許婷婷

2021年3月24日　初版第1刷發行
2023年9月4日　初版第5刷發行

發 行 人＊岩崎剛人
總　　監＊呂慧君
總 編 輯＊蔡佩芬
特約編輯＊林毓珊
美術設計＊林慧玟
印　　務＊李明修（主任）、張加恩（主任）、張凱棋

台灣角川

發 行 所＊台灣角川股份有限公司
地　　址＊104台北市中山區松江路223號3樓
電　　話＊（02）2510-3000
傳　　真＊（02）2515-0033
網　　址＊www.kadokawa.com.tw
劃撥帳戶＊台灣角川股份有限公司
劃撥帳號＊19487412
法律顧問＊有澤法律事務所
製　　版＊尚騰印刷事業有限公司
I S B N＊978-986-524-274-9

※版權所有，未經許可，不許轉載。
※本書如有破損、裝訂錯誤，請持購買憑證回原購買處或連同憑證寄回出版社更換。

WATASHI NO SHIAWASENA KEKKON Vol.1
©Akumi Agitogi 2019
First published in Japan in 2019 by KADOKAWA CORPORATION, Tokyo.
Complex Chinese translation rights arranged with KADOKAWA CORPORATION, Tokyo.